全椒古代典籍叢書

楊子庭集 4

（明）楊子庭 撰

政協全椒縣委員會 編
國家圖書館出版社

第四册目録

楊道行集三十三卷（卷十九至二十四）

（明）楊于庭 撰

明萬曆二十三年（1595）季東魯、湯沐刻本

楊道行集卷之十九

目錄

序上

楊道行集卷之十九

全椒楊于庭著

敘上

李伯承集序

明興 敬皇帝朝作者稱李何扶草莽倡之始越
世廟而學士益熙明其業則句吳歷下兩君子竝執
牛耳盟中原而濮上李伯承先生者或推之或挽之
即二氏亦敎先生以所不能而不得爲董董辟易云
而兩君子之徒不能溪惟其師所繇于是先生以前

薪薄為噍矣而獨尸祝句吴歷下以耳食而已矣藉令李杜不死而厭天下學士心何得藉右丞嘉州而批擯之耶周道如砥直如矢君子舉履之而小人視為何門户之與有何彈射之為也且也百夫以秭角而一二君子為雄或嚴隊伍而勝或不擊刁斗令士自便而勝倘所謂存乎其人者非耶先生文不概見其詩章章諸刻中余不户説顧先生所為起徒步而自致于開元黄初之間度有所見其長非苟為而已夫其大或千言小或片言比物醜類靡所不極淪漪

遁發淺而彌深濯如夫容簇如文綺疇能亂先生而
上者哉而馬太史氏皇甫司勳氏率謂先生之才之
抱而陸沉不遭末駕而税為恨之所謂屑夫朝菌而
輕夫永永也者先生雖蹐于下寮乎奪天地奇龐之
歘而肆力乎不朽之途上銷三光而下鑠草木其弘
多矣濮郡守楊子視事之暇則就先生出所胠篋椷
焉而先生謂楊子而敍我楊子曰夫濮上蓋有莊周
焉藏數百年而有鄄城侯子建氏又數百年而有李
少卿伯承氏之三人者或土著或流寓于千禩鼎立

焉而僉人猶然嘵嘵伯承也者斯其為伯承也矣

顧道行集序

会天下化休而融學士居間則往往嫺古文詞云而
晋曹屬稱簡尤各以其業見然而罕相下也乃于庭
自為諸生涉江遊而句吳顧道行已郎南司勳氏則
學士業辟席公矣公雖十年不調乎秣陵佳山水供
清發而會司封李于田比部方子及虞部歐楨伯各
先後至公造語與合遂相與切劘千古之事之曹甓
[illegible]之一巖馬歸而下楗手一帙矣公之言曰使我恭韝

胼胝而力田必于逢年則當對公車時何必乞博士官巳内徵又何請陪京自媮快余所為要在揖志成一家言耳且也古文詞直剽其文也與哉無之而為古也者乃能無之而不為古也者以故公所為詩備雅騷漢魏六朝及唐諸家體而神鮮所至要之創獲其精如獅乳之散酪云蓋人人自失也亡何公由司勳郎擢副山以東觀察使使吏事劇然公守文法亡害而其業益籍甚羣公間不佞于庭守郢上緣是屬事公公間寄所刻清音閣集謂于庭而敘我于庭曰

不佞蓋習南海歐生云往生譚天下士必首公余領之乃今讀公集益信夫劇獲者不必合的古者不必不合兩者豔為誰能無之而不為古也者又無之而為古也者斯虞部所以推轂公哉

豫章三記序

豫章行省故有紫薇樓云樓以西距章江門不一里許為滕王閣又自章江門折而北為夕佳樓皆諸大夫數所觴客處也歲久寖圮而會沔陽陳五嶽以左伯來廼偕右使宋公觀察戴公丁公省方四眺于是

檄所司修之而堅而冊而陳公各為記備矣已彙為一帙付之梓而會楊子以使事抵豫章屬為序楊子曰余讀三記則未嘗不喟然長嘆為蓋有古今之慨云夫豫章者非 太祖所與偽漢百戰處耶彼其龍鬬于鄱陽間角力校智危而後定已駐蹕兹城放牛歸馬庭嘗按其山川升高以吊歎求諸虎臣血戰之所而父老皆無在者蓋二百年于兹矣承平至毅
皇帝朝而豫章又一亂當是時諸大夫起瘡痍披剃棘以剗平此土也而尚有餘力矣文墨耶六七十年

政化休明至今　上益汪濊洪寓内以故一時學士得以從容爼豆醞藉文藻而龍知　上之所涵濡休息若是厚也夫登高作賦古稱大夫緩帶輕裘身係社稷陳公蔚以國器遭際縣官思若雲流才如飈動而其言言經濟具在三記中則又非直沾沾風騷自命者即異日者出則仗鉞入則持衡黼黻皇猷珪璋大雅三記其前茅乎哉然一時仝陳公游者自右使宋公而下俱鏗鏗操大國音石畫稱是易曰同聲相應同氣相求則又脉脉應陳公矣

明雋序

明雋何濮上伯承李先生所為輯　明江以北人詩也斷自　皇明何前代之詩籍具在故不述述我明所錄駕軼前代者如此江以北何孔子刪詩錄邶鄘衛鄭齊唐曹檜之屬太氏江以北又　明與學士詩靡靡獨北地起而麾之已而信陽和之又數十年而歷下張之夫其麾之和之張之者誰也則江以北人也江南故無詩乎有而什三而江以北什七又伯承者江以北人也江以北人而獨輯江以北人詩乎

舉爾所知爾所不知以俟君子輯之何上自王公下逮布衣旁蒐遡考以備人文而標大觀作者之志也恒山以北至於碣石為燕趙天造則宋祭酒訥前茅哉操爾魏郡盧山人充跳梁士大夫可知已輯燕趙集秦多大雅直獻吉也與哉王祭酒不媚于詩乃其氣勃勃強弩之末晋晰秦少孫矣大原蒲坂其握槧者之藪邪輯秦晋集海岱為山東其于文學固天性乎邊尚書崛興為　明岑孟迄于于鱗執牛耳矣輯齊魯集河洛之間其豫州邪信陽矯矯未駕而稅儀

郟縣九苞並嘉隆以來則新蔡中丞內鄉學使焉也輯河洛集維明湯沐邑是為淮南其于詩若汪丞相則躍馬橫槊者邪儲侍郎薛郎中則緩帶輕裘者邪嗟宗生吾見其進未見其止輯淮揚集明藩封江以壯若棋布屬綦隆食租縣官委蛇與學士競續藻周魯諸宗其鼎著者邪輯藩獻集總之為集有七為卷有八為詩若干首往世廟間蓋有七子云然率孫李少卿少卿者伯承也不佞為濮郡則伯承已七十餘顧未嘗一語為人下已倒篋出是集丐

為序余謂之亡何余入為司農郎改駕部伯承復以
書請余竊謂是集之編伯承已老不足槩伯承然伯
承老而猶編詩如此則豈不足畏哉

送張冠縣行取序

萬曆十一年御史大夫言臺省諸臣缺　皇帝曰其
下吏部按郡國使者歲剡疏第年勞如剡疏名請于
是吏部言冠縣尹臣維新臣謹按山東撫按臣疏冠
氏北患盜民頑不服化歲比祲流殍十五尹之冠冠
戶口倍民興于禮讓盜賊衰止尹治行為天下第一

挍故事宜以璽書續食至臣等敢昧死請　制曰可
于是張公自冠戒行李且壯上而東郡諸大夫長吏
追而送公郡城門厥情寀也濮守楊子執爵而告曰
公今行謁　天子　天子有詔問尹治冠氏何狀能
使戶口倍民興于禮讓盜賊衰止也公以何對荏王
尹曰公質人也豈嫌伐一時事以欺明主哉　上問
公公必以意對曰臣亡他能然不敢不為　陛下燠
休冠氏民民誠樂業故戶口倍　陛下命臣等有司毋
忘朕教化至意臣幸奉勿失百姓亦習臣重犯法故

興于禮讓枹鼓起臣幸購得其豪主名令捕黨自贖
故盜賊衰止度為對如是張公曰否否脫如犬夫言
而上問不佞不佞新何功之與有何炫霍之為也
則對曰臣駑不稱任使賴　陛下神靈保金楊子愕
然曰大哉言乎斯所以為張公者哉天下善吏急也
詔書比下吏閣不用用鷹鸇攫拏為名高也則安得
長者之言而稱之而公獨悛悛有讓如是是不為諫
官焚疏草者耶是不為三公九卿謀猶入告出而順
之曰維我后之德者耶傳言精衛填海女媧補天夫

海非可填天非缺也喻揖志搏心以報人主也故人臣所可畢效之君者亡限第不歆嘵嘵自鳴為可也張公曰唯唯荏王尹曰唯唯而楊子乃為之執筆次第其說

送左轄楊公擢大中丞河南開府序

上益明習吏事眘選二千石以上御史中丞褚公自兩河入貳臺事藉代者　制詔山東左布政使楊公以右副都御史往蓋特簡也先時楊公司東藩滿四歲不調縉紳訝之已方寓諸開府缺九卿疏公名請

上不與縉紳訏盍甚遠公得中州既命下不佞諗于
衆曰余于楊公見　聖天子善使才云夫天下有歷
試而愈淬者其器真也有需久而後授者其肩重也
故明主之任大臣也才不諳不使地不鉅不使犀試
多艱諳乎才者也亶分全陝鉅乎地者也楊公起行
人爲給諫歛歷臬使左右轄久不調　上非以湛盧
眎公故磨厲之邪徃公參楚藩楚貴人負勢而媒致
公公不動貴人故心望而諸驩公者風公驩貴人公
謝不可公以是司清東土默默四歲無一理公者而

公曾無幾微見顔色蓋公所爲澄之閒清淆之閒濁皆是類也天下之勢先中次外先本根次支輔今邊鎮雖時時虞絓越而支胡徼朝廷威靈第一象脊道之足矣　上以為不足煩公故不與夫兩河非天地之中而傳所稱河南南陽不可問者耶扼畿輔襟吳越足左投左重右投右重而日者歲比不登有司奉職亡狀百姓嗷嗷困矣褚公者公同年進者也其填撫要在精覈吏治問民所疾苦業章章有緒會内召去　上左右晧檢九卿曩時疏及御屏所書循吏至

名巳又徵聞公所為忤楚故貴人肯大誼之念代褚中丞者徵楊左使不可故小靳之大校之耳此所謂才不諳不使也不鉅不使者也故曰余于楊公見聖天子善使才云楊公既戒行李出歷下藩臬諸君餞者觴三行且起各歌詩見志為藩司歌曰維其有之是以似之言公諳厥才也臬司歌曰樂只君子殿天子之邦言也以公重也而諸君又合詞賡之曰維申及甫維周之翰言公代褚公有耀也

贈山東巡撫大中丞陸公 特恩予告序

上既脩遴文武大吏巳山東開府缺　詔御史中丞陸公往公既視事不一年言中丞公者平者慱大者有風稜者屹屹嶽立者暗猾而糾窳者民哺餘吏幅式不尚嬋嫣以自蔵者目嘖嘖達殿陛前　上甚誼之慶旦夕召公公會以病請　上眷曰其往自扶攝無辭而公疏益力重違公意予公告盖　特恩云始公疏且上撫屬諸藩臬暨郡邑吏各錯愕對囁嚅不休或曰掺玉于石既得之忍擲之耶以山東之襟河洛扼畿輔投足左右為天下輕重　上睠睠盻廷臣

念保釐徽公不可以故節鉞授公業望公以旦奭故事若之何其聽公乞身也公疏 上必不允或曰太臣之義一辭而退公之節之望之挺自其家世兄弟之間 上將藉公以風示天下使愧夫夜靜猶行而爲抱關吏所察者公疏 上必允不俟其爲之諗于衆曰之兩言者可謂知公不可謂知 朝廷待公之心者昔者召公請閒周公不可故人臣有勞于君君則休之已休復起之已起而勞又復休之大鵬之飛息以六月俄翩翩扶搖矣何者不休不起也公之撫

山以東也問民所疾苦即戚戚在眉睫間盡所為燠休而洵沫之其佗辨材飭閫瑣猥至米塩悉殫心力厥神瘁矣勞而休焉比于鵬息不亦蹷乎既息而復蒼生喁喁于時守臣上疏言強食亡恙狀　上即家以玄纁璽書徵　公則召公雖欲不為周公強起何可得也于是諸君子咸以不佞為有味哉其言之者各唯唯而退會予告命既下遂以屬不佞其綜其語為甚日者一左券云

東郡蕭守給由序

琴川蕭公守東郡滿三年例當以績上于是山東撫
按臣言　陛下幸愛養元元詔臣等登二千石以下
如法臣謹按東郡衝民瘵甚自守之郡郡則大嘖嘖
守守內行修緣經術飭吏治其刑平反其哺民龢其
幅吏斤斤三尺無私嗔好見長短守治行最臣等疏
以聞制下吏部吏部臣言臣等廉得守所為治東郡
狀如撫按臣言宜令守以中憲大夫居郡下璽書褒
勞　制曰可乃部內知州九縣知縣元吉而下咸函
采[illegible]賀而屬知州于庭前致詞焉于庭曰夫公所為

治東郡狀業章章具兩臺及部疏余何言抑公守郡三年久官成而譽有耀矣人情譽有耀則驕官成則怠又不調則觖觖沮乃公有是邪不佞往給事爽鳩氏而公爲郎也諸貴人方怙勢郎或不安其局曳踵貴人門公詳不省守爽鳩五年無理公已貫人敗波亦不及也東郡于齊魯爲孔道區又腴太守日僕僕挾刺候郵使者會公至有有力之客公犒從者裁取足而已客不嗛志于公而不佞庭亦時時風公驩客公曰余行一意能哫訾慄斯乎夫士言守吏言才相

言量挈守較才世豈乏良二千石以若寵辱不驚招
不来麾不去相提而論賁育不如矣漢制推轂郡守
高第入為三公九卿今 上俞言官言申飭郡國刺
史如漢故事而公業已上績大廷璽書焜燿即黃金
駟馬徵去為今費次公國旦暮遇之也而不佞庭又
從里人數數言公自為童子時沈鷙有大畧盜劫尊
甫公公手格殺數賊脫尊甫公賊手名聞吳中而部
內吏又時時望公帆髯廣顙山立如神人不動斯固
將相器哉斯固將相器哉不佞庭所為次第其事皆

如此其治行則兩臺及部疏備矣

夏郡丞六年考滿序

驥有駒齒者介睨騰躍而躑躅左右也伯樂曰是不千里御蹶矣行如羆進如疑容與千里而赤汗徵流于月題而伯樂有不物色之者邪故發憤其所為遠諸才安在其遲則拙庭也憒然自釋褐從外吏吏辨有幹能勝其職而媮快為者幾何人矣而其趣指一不當繩吏議以惠文冠治之者又幾何人矣而其獲登三年之考徵　天子寵靈又幾何人矣茲非不千

里而衡蹶者耶乃夏公起單尹歷刺曹髙唐州晉貳
兗東郡所至輒石畫地方要害縷縷中肯窾東兗人
心印公稱召父云其惠如此不德炫再典大州屢眎
府篆行李無長物對苞苴若推而之湯火其介如此
不守炫有越人而刦輕齋之值以去者司漕諸大吏
業皇恐而誰何盜矣公獨得其主名俘以報 天子
為是勞公其幹有力如此不才炫猶猶于于功而不
居已 奏最有 誥贈公之考皆如公官不色喜又
三歲將當以績上如故事後宜擢進先公而公默默

久不調亦不色愠時時爲于旋[illegible]曰余拙余簪耳何
恤淹余官乎公大較如是是所謂行如羅進如疑者
則公也矣夫士患中不璞苟璞不患不剖漢吏月計
不足月計有餘故居官長子孫已底績則徵爲公卿
去今天下奚異也　上既復子明辟寓內改觀數召
天官氏䟽所謂任久有績者而不依庭初擁傳視濮
事公業已三年于茲顧今且積累滿考而公尚未擢
去非　上將不次庸公故遲之哉清源守惟純拄尹
國猶謂不佞辱知于公誼不得以不文爲解故不佞

庭既為之次第其事而又執醑而告曰鉛刀一割湛盧百劌何者久而別也行乎黃金駟馬至矣不佞見公之遇伯樂矣

吴節婦樹坊序

上既遣繡衣使者行部部內孝子順孫節烈婦例得疏以聞御史姚公奉命按江北檄郡邑舉應疏者于是全椒令鄧君暨學官博士弟子言太學生吴正蒙毋楊當與其君子茂才宵也太學生甫乳楊盛年誹砥篋才不得既又念亡如太學生何乃毀容茹荼

奉蘇蘇舅氏太學生解諸生語則又時時為太學生
泣曰而緜而蘖令老婦安藉手報而父地下乎按楊
氏婦茂才婉娩敬共即舉案不過也失茂才謀殉之
即斷髮不過也不膏不沐振太學生以報亡者即斷
機畫荻不過也節婦宜有旌如　制御史曰往以幣
禮節婦樹之坊仍侯　題名請濮郡守邑人楊于庭
之使自里至為言御史所為鄭重節婦如此也楊子
庭曰余蓋有友兩吳生云其一即太學生其一茂才
士勳節婦女兄子余以是習節婦余既成進士為枌

榆前驅其于邑之節烈者孝者順者法得胠篋備太史氏而今習節婦誼至高不獲一物色于當軸者則余之罪也夫則余之罪也夫夫風之入人最捷也故或樹之或揚之不樹何風不揚何激有如節婦之誼之高而鄧令君上其事于御史御史姚公又展采節婦若是而人不靡然風者邪姚公今報 命見 天子 天子詔問御史按江北何狀公必稽首而對曰臣于全椒得一節婦某某者蓋不浹旬而璽書表閭可知也余于是知鄧君與姚公爲能相與以節婦風

天下云既使使持是賀太學生且語茂才大吳吳生倘
有當乎余言否

送趙郎中守貴陽序

貴陽故羅甸長官司云其人椎髻雜犵狫諸種號難
治明興二百餘年漸虒以華易陋而采頂又置守吏
令郡名然以其距京師絕遠其時時澆邪如故　上
即位之十五年益明習吏事乃詔有司春遴諸遠方
郡國刺史用錯事勤民宣暢德意無關沮于是吏部
臣言貴陽守缺臣等以為莫宜戶部趙郎中經惟上

幸許　制曰可余時忝大司農屬習趙君趙君且行
余難之曰夫程番于古為西南夷其俗不可以中國
之治治今　天子以君往將勝之邪抑安之邪君遂
巡對曰其不佞誠不稱任使然所為選用有司固將
安之也余莞然曰唯余固願君之安之也且君亦知
夫養狙者乎朝四芧暮三芧則狙喜何者若其欲也
一夫而驅千羊麾而往麾而來無不如意者順羊所
之也夫治夷俗者則亦養狙牧羊之類矣脫也切切
焉望之以其所不能而強之以其所甚不樂縛束而

捽胡之而彼雖卜而兆卦者有不觖觖而去之者邪
太史公曰善者因之其次利導之其次教誨之其次
整齊之最下者與之爭夫縛束捽胡而與之爭以傷
夷人之心以虧爲政者之體以隔閡朝廷所以懷柔
勞来之意則刺史何賴焉君行矣行矣入其境而戀
者徭者流官者土着諸官長者匍匐迎刺史刺史爲
具言今　天子神聖威武寬仁早朝晏罷兢兢業業
惟恐六合之内天地之中一物不獲其所其聰明見
萬里外雖在荒島遐陬窮簷蔀屋常體念如在輦轂

之下畿甸之間有善必聞有惡必見故遣刺史以二千石出行縣閭民所疾苦有不便告刺史刺史得以上聞便宜從事凡刺史所以來為百姓百姓毋重疑畏刺史毋苛文也程番人雖夷人乎君誠披膈見肝布威德如是諸吏民且大喜舉手加額頌　明天子萬壽與天無極又頌刺史賢願福壽多子孫綿文也則豈不休哉古者贈人以言故余所以為趙君言如此然趙君為郎深沉寬簡治部事亦井井辦則其於參何有余又何言

贈閻郎中守黎平序

上既逮治二千石以下不法吏已數數詔有司推擇可者于是三輔諸內地率廩廩淬厥官愳不戒而卒卒挂吏議去獨滇南粵西牂牁諸郡越在萬里外其人夷獠不馴率　天子以為是不足煩三尺網亦必闒為所張官流者土酋者半其郡刺史大氐多遷人及任子計以為無復之者諸酋既睨之曰是易與而刺史亦心輕以為　天子寔擯我于是輕自愛而重秦人越人其民而若之何令荒服不隔閡王化若天

上也今年春黎平守缺　上曰避迩胥朕赤子其選
守視内地守稱朕意乃呈覽氏則以户部郎中閆君
請詔俞之而黎平始比于三輔列郡矣顧閆君自成
進士為邑令六年入比部又六七年稱兩河恤獄使
者屢不次擢去乃坐爰書不中呈左官吾曹又四五
年盖剔歷二十有三年而甄菫慱一守文黎平也者
君得無怏怏哉然余聞之事不避難險遠以之者王
臣之誼也順俗而治與民便宜者太守之體也齊遂
循良宣惕德意者明天子之仁也細捐大縻御以羈

約者柔遠人者之則也若以其林箐崟岏劍峯指揖
則王尊不合叱九折之馭狄相胡為乘羊腸之軺以
其左徐右徭夜郎鬼國則中牟之信胡雉亦馴潮州
之誠胡鱷亦去故就戀而撤烈非致遠之才也一飽
一石長嘶穩蹄歷塊過都汗赤月題斯良之矣彼其
少年沾沾虛憍恃氣用以綏柔椎結之人政竟刺釁
故廷臣以為莫宜君誠藉君卧而治非真寔急為名
高也語有之族庖目更刀割不則月更刀割孰與閏
君踐更二十三年所奏刀砉然若刃新發于硎者哉

上業已三輔視黎平用年勞進士持虎竹往而故事遷人任子及計無復之者格不與度諸酋必相顧齮指以爲刺史　天子所特簡如雷霆鬼神非直選云麼些與也則相率頂香羅拜刺史馬首而刺史又寬一切文法問民所疾苦時時爲言　天子加惠元元所爲遣二千石來勞來德甚厚諸酋盡驩扶老挈幼以爲不圖二百餘年見天日有賢刺史也則徼入爲公卿直旦暮遇之矣閭君勗之哉毋卑卑寡監而令口吻牂牁滇粵郡刺史與遷人任子及計無復之者

同類而共咲之也

彭海漁詩序

里人詩往往稱彭山人云山人詩時楊子猶兒也楊子長而詩而古文則山人者死矣而山人之子光祖顧又與楊子好且好楊子文若詩也而楊子以是得讀山人詩則未嘗不哦爲賞爲喟然思爲已又潸潸然酸鼻流涕也吁嗟嗟傷乎傷乎以山人之才之詩令人讀之者罔不哦也賞也喟然思也假使山人得一第登一尊官結社擒藻以與學士大夫遊即學士

大夫安知其不壯面山人詩而山人之詩之名又安知其不雄長文苑飛被四裔也乃山人竟伏戹低垂落莫巖穴中以死迄今無知山人又無知山人詩此董子所以有不遇之賦而史遷所以起附驥之思也吁嗟嗟傷乎傷乎故余讀山人詩則未嘗不酸鼻流涕云而又况山人死纔四十四歲以山人之詩之才而天猶忌之而何疑于勃也賀也夭李也杜也之不得其年如是則余安得不悲又安得不酸鼻流涕雖然詩顧合不合果合即不傳終傳也而山人有詩而

山人之子又傳山人詩而楊子又爲山人之子敘山人詩如是則余所以爲山人酸鼻流涕者夫亦可以止也矣山人名璞號海漁故詩稱漁窻吟草

贈孫豐縣序

門人孫子爲太和令得民和已徙于豐問政楊子曰夫揚羊而牧者無二策也易琴而鼓者無二音也故慈母不別乳而摩良吏不擇民而治夫難劑者民也難乎者政也故劑民曰恕平政曰公公與恕于令豐乎何有孫尹曰廷不敏敢不圖所以與休豐邑氓以

稱朝廷惠養元元至意以不忝于先生言已而豐之
詆頌令監大夫為之文薦于朝滿三歲 天子以為
勤錫勑命楊子曰夫士起家繩樞專城綰綬徽惠
天子被之璽書璀璨琬琰榮及父母其遇不為不厚
勤民錯事畫所便宜不下堂皇周浹窮蔀詆載其德
式歌且舞其澤不為不流脫也宜咸而有一懈心與
夫被寵而有一侈心則無乃戀前美而弁髦之而未
厭之之謂何孫尹曰廷不[illegible]敢不始終一心以對[illegible]
天子之丕顯休命以不忝于先生言楊子曰若是則

子之治幾于道矣吾無以益子矣莊周有言有機事者必有機心萌一機心即其始勵而精神勤而洶涑而其中不無近名則其後必且摧沮而不繼余所謂懈心之與侈心是矣夫民吾將劑之也譬之味懼弗和也政吾將平之也譬之水懼弗止也且若亦知夫海上之丈人乎日與鷗群相馴也一旦而有機心鷗即為之不下矣夫輟事之害也終始之完也亡論今即異日者子入而為臺為省為卿相所以一意公家者眎豐縣奚異耶子勉矣吾無以益子矣

山東武舉鄉試錄序

乙酉歲十月山以東大比六郡材官良家子如制桂史韓公實綱紀之而不佞某與寓目焉維時多士業已趯趯嚮大中丞李公申束爭距躍曲踊而屆期則桂史又譏關內外無裹言已得雋并剞劂其先資之言而屬不佞敘諸首不佞守右轄典在清戎得從諸大夫談邊事竊以為 國朝將臣氣習大畧三變云洪宣間蓋天下初定也武臣宿將襲 三祖遺烈俘賢王馘貴人其氣英英勃勃如猛虎鷙鶚所當者破

所擧各碎斯亦一時矣成弘間化休而融武大吏率
以名尚廉恥謹尺幅與匈奴戰半勇怯第不失爲鑰
而已當是之時局體一變正靖而後債帥以詷中朝
爲精神以苞苴爲要害當敵壘輒前卻顧時時靡大
司農不貲茲其品眎成弘又別矣風會然邪抑士在
所樹邪今 上觀於累朝將帥之畧深惟其故遴左
効首虜多輒剖竹世世勿絕而頃疆埸吏不戒上功
狀贋相蒙也用言官言詔對簿云繇斯以譚 上所
爲風厲熊羆不二心之臣意甚盛也爾多士躡蹻而

來夫亦聞縉紳先生所稱說李通侯及切責制府者乎而多士生齊魯間固志所稱闊達而足智矜功者也得無有過太公尚父之故墟而慷慨骯髒者乎又得無有訪射書之遺而會鄄之疏問曹大夫所為劫桓公之里而思欲為之執鞭者乎亡論諸章章者田單攻狄魯仲連以為必不克則吞咋面赭而巡城齊師敗凨沙衛殿殖綽郭最曰恥也爾鄉將軍大夫其服義有氣類如是而爾多士既躡張跗注而緩頰黃石玄女之譚則安得謂古今人不相及也者而畢畢

之也與日者占籍行間當一隊輙桓桓趌趌以勤縣
官以稱所謂洋洋大風者以不辱爾羔鴈維爾能我
受其無咎不則蕰利生孽粃事危言輕扞厲罔恣睢
辟倪薪槱何為其以中傷也無寧謂予鬻璞而謂我
賈朴乎夫蓽門閨竇之人續食上司馬一中格即起
家不次至遇也文綱在朝清議在野舉事一不當吏
奉三尺隨之至嚴也俗矜重多欠節喜攻刺上世用
之主五侯九伯而中世亦以桀戎翟鞭箠諸侯至著
也如是而不感慨于干城而俾桂史公有所不得真士

而效之之懼非夫也魏子謂賈辛曰以汝有力于王室是以舉汝行乎敬之哉不佞以是券多士矣

明職序

明職何寧陵呂公所為撫山以西訓約也不佞庭不獲侍公謦咳猶記典樞時與公書往来睹所擘畫諸封事則固心知公天下端人矣比和州守郭君自京師来手公是帙付之梓而謂庭宜有序庭受而讀之而皆可知也曰其文質于多方之誥而其意匪于百之盛其愛深其慮遠其有先民之思乎昔在先王

之世化行俗美上自王公下及士庶亡不知職分之所當盡而各俛焉以圖之故其詩曰無已太康職思其居謂不敢以滔淫廢職業也世而衰也而上下胥為竊則有務其所不必務而職始曠矣故其詩曰婦無公事休其蠶織謂職之不修而侵人之職也然而賢人君子憮然而嗟而猶以先王之道相戒勵故其詩曰凡百君子各敬爾身胡不相畏謂無或瘝若官也

明興而 高皇帝盖三令五申之矣官有 誥士有 碑民有 諭亡之而非日星也而煕恬至于

今始有不若于訓者非必即滔淫之謂曠即越俎而治出位而言泄泄于職之中而訢訿于職之外則胡不舉職事明之也夫職者值也身所值者是也君子素其位而行說者曰素見在也故夫目之視耳之聽手之持足之行不相代也鷄之司晨犬之司夜牛之耕馬之乘不相通也禹之水稷之穡夔之樂皋陶之刑不相攝也是職之說也乃呂公典銓則銓移藩臬則藩臬進開府則又開府方其在內弗知其外也及其在外弗知其內也今為少司寇為　天子明刑時

以杖三尺率屬諸所訓約匪徒言之竟以允蹈之矣郭君乃能推公之意而廣其傳其趣良可尚哉藉令刻行而世有味乎公之説逮官卑流儒衿武弁雖其職各人人殊而要使天下無不脩職之人則天下安得不治而又何今人之不如古庭不佞往官于朝盖嘗奮然欲以職自見而今已矣顧惟力田以供公家之賦而于世無所求或作為聲詩以歌咏太平之盛是亦缶壑者之職而公帙中之所未載者請因郭君而質之公以為何如也

公餘漫興序

蓋不佞庭竊觀于天地自然之音而知詩之義大也今夫天地之氣之至而風翏翏然而雷填填然而鳥及蟲嚶嚶喞喞然其于人也卒然而興率然而吟而詩從出焉故不宮商而調不繪組而合而學士不信而必競奇于句字之閒于是乎本真斵而詩之義微矣故北地氏謂文人學士工之詞者多而出之情者寡蓋以此乃晉陽褚先生之言曰吾何以詩為哉自吾之卒然而興率然而吟也不知其宮商之調也然

亡非調也不知其繪組之合也然而亡亦合也亡
瞻雲而思吾親則祝望闕而思吾君則又祝不知其
祝之當于詩也吾省方而觀民吾戚焉吾感事而有
古今之慨吾攄焉不知其戚與攄之當于詩也故自
吾之為令為御史為撫為督亡之而弗興也則亡之
而弗吟也是公餘漫興之帙也門人楊于庭受而讀
之已嘆之曰大哉言乎夫天下未有弗興而詩者也
然而三百篇之有善不善何也則其為興同而所以
為興弗同也故孔子之論詩也曰思無邪謂即其弗

同者而引之于正也今夫卒然而興率然而吟人與褚先生一也而褚先生獨于贍雲為孝于戀闕為忠于憂民為仁于感事為直夫世非無雲之可贍闕之可戀民與事之可憂可感也而觸之罕有如先生之應者先生無邪而衆人之思或邪也故夫叩之而響者鐘也叩之而弗響即響而未必鏗以鎗者土缶也書曰詩言志歌永言此之謂也春秋卿大夫之賦詩也而觀者以是覘其政卜其人之興衰先生為 天子大臣而其所為觀風于四方又如是誦其詩知其

人洋洋乎夔龍旦奭之業庸可量乎詩曰維其有章矣是以有慶矣言君子蔚有文章則其福慶亦自饒裕是余所為卜褚先生者也

兩垣疏草叙

是為吴給諫疏草是為吴給諫疏草序序曰吴給諫者皖城人吴幼鍾也初幼鍾為給事中吏科南京以憂免已除吏科歷左右給事中進都給事中禮科不拜以病免故今疏草稱兩垣一曰兩都云蓋幼鍾在兩垣而兩垣至今無不口口吴給諫疏者子光楚所

為梓以傳而幼鍾不慊也曰是不能焚則已矣而若
之何竊竊焉標之我其杓之人耶夫免我唯兒子光
楚愳益不敢出而會友人楊子使使來幼鍾曰其為
我問道行必有說也楊子聞其言而異之且告之曰
幼鍾信以為入則告其君出則不使人知者為諫官
耶抑亦為大臣宰相耶夫大臣之體尊尊則偪故溫
室不對以遠嫌也即果遷而不言不任德也乃諫官
則何偪之與有受若直力若事諤諤焉謇謇焉漆器
必爭城狐必殛使天下曉然知朝廷有牽裾折檻之

上而國家有止輦轉圜之美不亦韙耶則何必削草者之是而流傳者之非而幼鍾又何念之深也天下之事患在人不肯言與不能言不肯言者持祿保位之徒其于幼鍾不足道不能言者自許慷慨為名高姑取一二事塞責而不顧國家大體有不售輒悻悻而去之蓋近事可睹矣而獨幼鍾溫乎其氣訥乎其不能言其于疏必沐浴而後上故其始為南垣余贈之詩曰批鱗犯顏秪細事要以誠意孚 君王而頤又贈幼鍾曰事君而犯先勿欺幼鍾給諫今有之區

區之愚所與幼鍾期望如此方今　國本未建　聖志未勤群臣未和衷與夫東倭北虜之備未盡脩舉天下事所可言者何限　主上脫一日而召幼鍾幼鍾于諸垣最先進習事最深列在交戟下最久凡此所未言者余猶望幼鍾披瀝肝膽而言之而忍令其已言者又削之耶夫削不削不足輕重幼鍾而使諫官相習削草不令人知則其究必至于淟涊不肯言而後已幼鍾其謂之何于是幼鍾語其子曰道行知我矣

序

芸窗紀愚序

芸窗紀愚者我晋陽褚公愛所先生所為文也其曰芸窗紀愚何先生自述也先是先生以詩二帙寄示庭則既不揣而校正之矣已復出其所為叙記誌銘墓表及祭文之屬凡若干篇而命于庭以校且曰吾子其序我于庭于先生無能為役而自惟事先生且二十餘年知先生者莫余若誼安敢以不文辭盖嘗論文竊有感于古今之大較云　國朝二百餘年詩人往往逼古而獨其文體不逮古人亡論兩漢即如

韓昌黎歐陽永叔蘇氏及曾王諸人其文根柢六經
抒所心得不求工句字而其神與色自躍然而見于
前以彼其才力雖有大小淺深而均之各得其至近
世能言之士不務本之六經而第一切飣餖左國遷
固之似濫觴至今彼其談并韓蘇而訕之以為不足
為而不知其氣斷而不屬其意闕而不昌其神色又
索然而不具譬之割百家之肆之錦以為衣固不如
布帛之完好也區區之見獨好王文成公之文以為
汪洋縱橫深得古人文章之旨然而未嘗敢以告人

云乃茲讀先生文則見其抒自性靈犁然成一家語其句字不斤斤描摹如今人而其氣昌其體厚如風行水上行乎其所不得不行而止乎其所不得不止蓋至是而窺先生之一斑矣先生自為縣令歷御史卿貳至尚書塡撫我邦其品行則人人能言之不具論直以先生之文春容爾雅而其不詭于古法又如此此所謂仁義之人其言藹如而竊以為王文成公之文不過是也古人每以文章卜人事業庭曾慨夫今之文以為枯澁如窶子而譎奇如鬼蜮不可識其

注措必不光明瑰瑋而竊為世道人心憂思欲庶幾
乎古之文而讀之而不可得以今觀于先生之文而
因以窺先生之業之所至固宜乎其忠實任事簡在
帝心而褎然于諸名卿中若是偉也嘗怪夫南畿文
靡則用先生校南畿中士垊饑則用先生撫中土急
兵則使治兵急漕則使治漕以為國家之倚重先生
不啻如王文成而今益信夫先生他日當必有勳旂
常而垂鼎彝以與古大臣相為焜燿者非臆說也庭
于先生之文卜之也詩曰維其有之是以似之此之

謂也全椒樊尹雅以庭言為不阿則相與請而壽諸梓而庭為叙其所誦法于先生者如此云

郭和州臺獎序

今親民而難亡如守若令矣而州之守尤難以彼其上之不得彈壓如大府而下之需次為省臺不如令則上下交狎視之云獨吾滁及和自以其政倨令上而不虞邇者之習于吏也始廪廪隣大府如其屬而隣大府各以其權敖滁和滁和業救過不暇而其究反不若隸府者之得以泃沫于其府也不難之難乎

難之難而獨迎刄有餘地自非偉才定力不能而今毓華郭公是美公為和甫數月而抵之黠而喜訟胥之舞文者亡不懾也寃而覆盆顛連而亡告者亡不理也城隍樓堞以及先聖之宮學官之舍郵使之館亡不新也平而徙省而桁楊爬搔而瘝究亡不井井就申束也其白事于監大夫及直指使者赫號奏記亡不洒洒易觀也百里之境以及下邑山川草木蠉動之屬亡不油油待膏沐也有事于四方則隣壤之畯褫帯之紳亡不詣廬請也居亡何而按臺薦公之

幹、命也檄而旌曰是治行異等者遷之且露章薦矣
和之詠曰薦而需期法乎士曰然詠曰法為中令設
若之何其繩異等也士曰若亦聞食蔗者之漸入佳
境乎此語雖謔可以喻大也則相與謀于其博士曰
盍文諸博士以請于譙楊子楊子曰夫而曹豈以一
御史旌書為侯重而侯亦豈其以一御史旌書重願
一被旌而和之詠若士驩然而奔走歌舞于其途則
政可想已　主上瑩精太平亟詔主爵氏及撫按臣
核外吏吏甫涖而業已能其官則有旌旌之久而其

能益懋則有薦薦而滿一考則有璽書褒褒而政成則有超遷去矣斯固令甲哉易之言漸也上九鴻漸于陸其羽可用為儀吉而公其時矣繇旌而薦薦而璽書褒褒而超遷以去其于承蜩猶掇之也郭公勉之哉猶記余守濮既被旌書則長老亟詔余以為殳發于鉶矣一乃心永乃譽毋或隳乃功余謝不忘伏在田間而郭公時時過存我嘉與氓若士共奔走歌舞于公之檄之旌則所為公告者亦不能舍守濮牘長老所告我也

馬尉治河榮薦叙

尉故卑而吾邑小亡丞簿其事則尉攝焉秩卑故易生其不肖之心事攝故難稱又其邑在淮泗之間輻車沓至河渠為梗于是有不時之檄檄則虞譙呵即亡譙呵謫謫汶汶罕有能獲上而為之薦之朝者乃馬君之為吾尉也禀成令君惕惕三尺夜撤晝詰盜儷詆乎亡何會泗上有治河之役尚書楊公諸公薦尉能趣以往尉晝則徒步督畚鍤夜則席地而寢夏暵酷日中喘汗交急衣蝨不得浣櫛苦蚊蝎冬寒瘃

氷雪皮皺死如是者幾一歲其役夫斃以十四而尉亦蟄而癯顱頞至不可識然未嘗敢自以為勞也卒有病者親為洵沫且諭之曰吾曹以王事拮据于此分也卒努力竣事無佗言至所得月給市酒肉勞諸役夫盡感泣愿効力以故其竣工首諸邑所縣得河臺薦剡皆美辭云邑紳暨博士弟子員為尉喜圖所以展釆賀尉而徵言于余余嘗以為天下所以不治其弊在士大夫身家之念重而任事之實心少蓋子輿氏之言曰有官守者盡其職有言責者盡其忠藉

令當官而行見謂無奇而必彈射為名高越俎而治不得謂任輙不自意往莞樞政一意奉公雖以憝斥心不怍悔及歸山中有過余者大則封疆之吏下逮卑官未嘗不以是規之然而其人亦罕矣乃今馬君以一尉部數百千人匍匐河上衣被而燠休之其人戴之如父母而歸之如流水濱死而亡貳工完獨先將所謂實心任事者非耶搢紳之言曰吾不難任事患夫苦心力而人莫予知也然而馬尉一尉其績不過一畚鍤之為勞而督撫大臣已有知其賢而亟薦

之者吾儕僭圭紱組而為　天子股肱耳目百執事
倘一意佐縣官之急而不卹其私而廟堂有不深知
之者耶又況人臣之義急在靖共雖人莫已知貶黜
流放而吾心可以亡愧即使馬尉不薦而吾終不敢
謂尉治河亡功也洪武間馮堅以典史擢僉都御史
此天造事不可擬余守濮距今不十餘年則有若趙
蛟揚果皆起家掾史為縣令果費縣教民桑麻歲出
官錢貸饑民權取其直不責息蛟大都倣此此兩人
余所親見夫非尉耶而山東人至今頌之不離口則

安可謂實心任事而世竟亡知也以馬尉之賢業已受知當道而邑令樊公又為之左推之右撓之即亡論堅其于果蛟直掇之耳是在鼎之哉是在觔之哉

送樊使君治河序

今天下東若倭址若虜而中原則若河自河與虜與倭並發難而天下始脊脊需才矣河起崑崙入中國其在西北非不歲歲有衝嚙虞但袪之使不為害而已獨徐邳呂梁之間其澎湃如萬馬之走諸坂而其乍淤而涸若挽舟而上之山然于漕糧為孔道于是

既防其害而又藉其利而利常不勝其害則治之為
尤難夫其難也故總之以河漕兩重臣部之以司空
屬及各道而巡之以臺使者然其職兼而不專其責
或分諉于下而獨其治河之郡同知則官有專秩而
責毋他諉而其睞兩重臣及諸使者尤難之難矣恭
其難之難也故　詔聽兩重臣自辟舉不中制而兩
重臣咨于江以北郡邑中思一當其選者已乃得樊
公云先是公為御史有風裁左官非其罪既移金椒
長且三年政通民和前後疏薦以十數衆謂公用一[illegible]

[illegible]璪即少保揚公褚公所謂河漕兩重臣者亦心知公之資之望不當復以外吏溷公而獨計河漕艱[illegible]人心惱慌非鉅才有威望不可不得已而藉公亦夫所稱從九卿復出以憂國可也　命既下兩公亟趣公而公亦趣裝曰方事之殷身已縣官有矣寧復勞佚計哉乃椒士若氓相與遮留公不可得則既尸而祝之社而稷之而語具余碑中矣博士蔡君魏君王君及諸生某某復揖于庭授之簡曰古贈行必以言矧微子言而于公歌驪駒蔑有當也吾子其圖之

唯公亦過從庭諮所以治河者乃庭則惡能言顧古今治河莫如禹而其知禹宜莫如孟軻氏軻之言曰禹之行水也行其所無事也夫以彼其足跡寧遍于九州而不敢以坐晝其久寧十有三載乃乂而不敢以苟且日前之功父殛而無慍四岳咸舉而無喜啟辛壬癸甲而無纖髮內顧之私此大聖人之所以詒萬世之功而與天地並也其為公告亦如是而已矣然竊觀公為御史其所論著確確天下之公涖吾椒之三年一切便宜民而不沾沾違道以干譽以此推

之而共治河必不用私智以與河爭利亡疑也庭嘗以為天下不患乏才患所以用其才者之未善此亡異故病在私心擾之耳今中原急河則用公治河安知倭不窺我而虜帖然不動脫方宇有急則何知不用公而公安得遴以其身為河役即河漕兩重臣亦安得遴私公乎顧行所無事則請公終身以之勿謂止以之治徐邳呂梁之河已也

北窗逸史序

此余外舅吳山人所輯北窗逸史也蓋山人始為諸

生輒棄去而時時購古書然貧甚則少從其伯父職
方公所稍得之而又與先奉直二三人為社友每藏
書則為山人倒胠篋而山人不喜佔俚學諸生第讀
之而有會于心則記即記而亡非古之人嘉言懿行
可備省覽者越四五十年則事日以核而案頭日以
成帙而山人亦七十老矣會其女夫于庭廢于家而
其好古文辭甚則山人手是帙請曰昔左太沖之賦
三都也門庭藩溷皆置筆紙搆思十餘年而后成乃
亡夫則無能為矣顧其始而購既而讀既而摭拾又

既而書之赫虢雖其嚌不足以當禁臠而其苦心力至于四五十年之久或者藉吾子而不朽乎不佞庭謝不敏則又問曰公之帙其類書也與山人曰余何知彙于則何以彙哉余第序其所為區區如此也于庭曰從劉孝標輯類苑歐陽率更輯藝文類聚其于徵事亦云勤矣然孝標書淹雖官位不至而其交多王公貴人其于購書多而取材易而率更則又人主令為之石室金匱之藏亡所不抽覽尤易之易矣獨余外舅吳山人起自蓬蓽老猶布衣而能考異于蓁

爾之邑捘往于一畝之宮比物醜類靡所不極切而不浮辯而有體是孝標率更之所尤難而山人易之而其功百相倍也集凡十二卷曰忠節曰孝行曰友悌曰廉守曰貞婦曰孝女曰隱逸曰獨行曰詩話曰古蹟曰仙釋曰叢談皆山人所自校定云山人以獨行而兼儒林業已具無號山人傳中不具論而讀其書知其人即里嚴事山人以為祭酒有以也

送李仲白之南地官郎序

事有不可致詰者則仲白李君之轉留曹郎哉君

宰凡六七年其治行于江以北為第一即監大夫諸臺使者亦亡不以第一治行䟽君也大都言君禔三尺則梗陽人亡所溷爰書而其燭覆盆而籲肺石即有所榜楊與有所論為鬼薪城旦者而要之乎鏡之空而水之止矣藉令擢君為銓郎登明選公不入山公啟乎為省為臺不令豺狼避道路乎而不謂有中君者堇堇得一地官郎又南曹以去此所繇不厭尸而祝之之心而為君爭扼腕也雖然使仲白而膚衆入也則可使仲白而高明特達入也則豈其有幾微

不平見顏色者而曰是區區者而不畀余盖　高皇
帝設六曹郎以贊其長而其勢與省臺兩相持又兩
相重也自有口吻者能以其口吻為忮焉而重而有
爪距者又能以其爪距為忮焉而重而群兒始自相
貴詡詡矣抑鴟之腐鼠不足以嚇鵷雛而矧豪傑士
堂堂陛陛彼誠有所托于三不朽之林則三光且為
我銷山川草木且為我鑠而豈其以區區軒輊為庭
為郎盖嘗倣霍南海遺議疏言于　朝而憾者以為
侵官至必甘心焉而後罷間嘗與仲白咨咨言之仲

白為余掀髯抱膝喟嘆竟酒廼今仲白亦以骯髒為此官也留都根本其地不為不重飛輓之艘不于北則于南而郎時時識其奇贏出入之數其責不為不重　國家熈洽留曹尤委蛇長江可為醱醅鍾山可為吟案郎從容了公事積資出為郡太守倨百城上其體貌不為不重仲白高才幸以其間益明習　國家故事而用其緒于古文辭彼其含沙者奉不勝其扼腕者則仲白之移秩清要旦暮遇之而脫也次第及于二千石及大寮奚不可也和氏之璧其尊重至

于設九儐儐十五城而方其世無知之不免于三刖其足夫今之拔自沉淹論定而至大吏者其初非抱玉而見刖者耶咄咄仲白自顧璧完則何十五城之有然余觀仲白其于勢利若浼而唯好善唯恐不及即以余之疎賤而獨傾倒于余繇此以談即使仲白一日而為公卿悪足重仲白仲白所自為重固在彼不在此滁州守王君和州守郭君暨其屬攝全椒事倅葉君来安令冷君含山令李君僉謂君行宜有贈而又稔不佞庭以筆札辱知于君故相與徵余言亦

因為叙其大凡如此

送郡守王公入覲序二首

滁守壽州王公將入覲其僚葉君以贈言請于部人楊子庭故嘗為郎職方司與公同庚辰榜而進者于庭嘗徧觀郡乘所稱說及所尸祝故太守不言宋歐陽公哉歐陽公繇龍圖直學士謫知滁遭時休明郡閣無事日與賓客相羊山水間以自娛今所流傳醉翁豐樂二記可想已然崔太史銑猶誚其放達有晉人風以為宋之君臣習為偷安而何恠乎其國之不

競雖未可以是訾歐陽公而亦不敢謂崔太史之言為非是也漢吏種田蒔蔬效功阡陌日不暇給率以為常以故耳目不習于廨而吏治烝烝近古則豈其濶畧文罔而弛置自便如宋時乃今王公繇天官郎有所中斥為外小吏量移滁其故貴倨略與歐陽公等而環滁之山水入我　明二百許年其所飭治樹蒔亭榭佳木之勝又大倍于宋足以愓遷人牢騷怲悒之感而大攅其壺觴嘯歌之興又能長詞客瞪目竿幘之傲而易生其屑越民事之心唯王公獨曰否

哉夫官猶郵也吾可以成心胥郵䟽乎既左官十載徵不平見顏色而獨揖意治郡事如其家晨起坐堂上處分縷縷至丙夜廢眠食每行部見耕餉輟停車問民所疾苦訟于庭量朴其負者而散遣之其稅畝財取足而已既亡羨金而又罕桁楊榜掠之獄庶乎如此又其人故長者抑抑小心每郵客至逆之郊脩牢禮焉而別以彼雖謫居而其夙夜在公祗服尺幅有不敢以慆心愉志于佳山水者其脉醉翁何如也又醉翁記記賔客第言其從游山飲酒不聞其加權

于境內之賢者如漢吏所述堂舍盡公榻延徐穉事
豈無其人歟抑有之而不見禮歟庭最不才于世亡
所比數而公時時枉車騎而過庭頃又禮而致之于
郡閤所不便于民者凡此皆滁人所不得有于歐陽
公者而公有之又其寮其屬亡不象公指者即葉君
亦以遷入倅郡而攝吾椒一稟成于公而邑大治歐
陽公曾有是乎毋言古今人不相及論定而後安知
郡乘所稱說及尸祝不于歐陽公而于公縱令公與
歐陽公並祀暨宗當必有棟治體而左袒公于歐陽

公如崔太史者　主上瑩精太平思用舊德而公以
良二千石入見褒然異等于漢制當錫黄金駟馬不
則賜環如歐陽公故事行乎快之哉雖然以庭之伏
在田間鑿坯立稿而賴公以披豁其岑寂而記存其
饑寒一旦為有力人奪之去此其于情為何如也夫
情所不能別此在部氓且不能亡言而况與公仝年
進者也

又

自罷侯置守而三年一計吏所繇來哉　明興而守

以内其為省者十三省為司者二每入計其長各帥其列郡太守以從而殿最其屬以聽于冢宰獨两畿輔其郡不隸省而得自白事如藩臬至所爾吾州又不隸郡而得自白事如大府守滁者為湖州王公云先是以邑令高第入為南天官郎中而會有所忤于當事者竟用遷人例出知滁其明年郡國當上計而滁體貌雖稍稍睨藩臬大府顧其于公之望之資之階亦甚絀矣　上方釆廷議詔胥甄守令旌其尤而脱主爵氏言滁州守于治行為天下第一則公且入

為九卿列在交戟下而滁詎得久留公耶全椒滁屬而令樊君撤治河于徐惟倖葉君攝令事公且行出祖于是樊君亦以役竣返與葉君各餞公而教諭蔡子訓導魏子王子亦戀戀扳公轅不能別唯部珉楊子執爵而進曰諸君送公志戀也請皆賦以當驪駒庭亦以觀諸君子之志令樊君賦采薇楊子曰善哉入覲于王今猶古也公而匪紓福將焉往攝令事葉君賦黍苗楊子曰參佐之待命于太守也閔閔焉如百穀之仰膏雨焉若彌縫其闕而教督其所不及以

惠黍苗霆沾沾被一郡若惟葉君賴之公曰不佞在此敢使部以內無膏乎葉君拜樊君及三學官皆拜蔡諭賦六月公曰吾不堪也楊子曰文武為憲公其有焉覲竟而安知不遂庸公于樞筦帷幄之間以襄東征而佐

天子而其屬霆拭目望之魏訓賦芣棠曰公而歸

朝二三子之願也毋亦唯是遺愛在郡而敢忘公楊子曰昔王訓賦桑扈楊子曰語有之不忘恭敬民之主也福不于匪敖又奚遺矣唯楊子既概于諸君已乃賦九罭曰自公之来而我人始獲瞻

公矣若一旦而　朝廷以公歸如諸君子措則滁何賴焉且也逐人怙公如望歲而豈其遽令之離析悲也公曰毋庸夫不佞方以歲事覲于京師而述其職其有顯陟我弗敢知其庸以為讁我亦弗敢知唯是皇上威靈與執政大臣之明在亦唯是徼福乞靈于諸君子為之賦殷武之三章而別而楊子為之次第其語云

送廬州守范公入覲叙

歲戊戌之正月朔　天子居青陽之左个受萬方朝

于是藩臬郡邑之長各輯瑞至如故事而廬州太守豫章范公自郡往其寮司理李君新入為南民部郎而故嘗與全椒人楊于庭善屆是則使使請曰晳不佞辱以職事從郡公而公幸嘉與其愚而教督其所不及公今行宜有言贈贈言莫如子唯子寔重圖之庭故徵之廬之人之口則公于今治行為第一即徵李君命豈其當吾世而亟失公盖嘗竊觀郡太守職在彌德意惠養元元而其要不越乎詧吏漢二千石勤相民至瑣瑣令口種榆百本薤五十本葱一畦而

人主亦聽守自除置其屬如所記擬頻陽粟兩令乃鐫高陵櫟陽亡治狀者吏治所縣蒸蒸盛豈虛也哉明興而郡太守權輕于漢然使各屬操督其諸屬吏而諸屬吏亦各象太守指則政平訟理而民安得有愁嘆聲余以故咨咨廢幾乎古之良吏者思欲為之執鞭而不得乃廬介江淮間號為僻陋而其民歲苦浸流殍相屬吏夤緣為奸不可禁止自苑公來為之櫛比而爬搔之而禱者薙梗者蠲矣為之叅亭其疑而散遣其鬭而肺石者顴桁楊者省矣為之諫其子

弟而加禮其鄉大夫而衿謳于黌紳謠于里矣余不悉公之政之詳而知其為廩廩德讓君子也亦不悉公之所以率諸屬吏而知諸屬吏之斤斤稟成于公也今其以方岳入覲而一時諸二千石有能先公者耶　上既俞言官言亟徵高等郡守入為九卿業已前矛于兹而行于公媿之矣脫也以廬父兄子弟不釋之故而令公仍以中二千石歸廬計必錫公黃金璽書問何以治廬章章如是公故長者必亡所陳說而一切歸寵察下　朝廷則又安所藉區區之一議曹

歟我也抑余猶有言公職登吏而吏治必始于察漢制郡守得自辟舉乃李君之多所平反其所受成象指于公為最而其有造于江以北入非淺鮮乃董董慱一留曹郎以去此真公之所亟欲湶白而吹噓之者而况遣會上計當事者亟問公乎昔朱邑繇北海守入為大司農則張敞勸其貢薦賢士大夫多得其助而歐陽公為南京守亟稱其推官蘇頌于朝頌卒為名臣不負歐所賞庭雖無能為敞役而于公不敢不盡區區之愚乃李君則何嘶頌而公業嘗鑿如歐

陽公矣其無令朱邑獨獲荐士之譽而庭與敞亦與有聲施乎哉

贈葉倅攝椒更攝郡事序

長沙葉君之倅吾滁也而辦巳攝令事于吾椒則又辦于是椒之人洵沫君忘乎其為攝也而日夜引領而望曰庶幾其真我令乎會滁太守爾計吏而其篆于故事必以畀之旁大府之貳之良滁之人則又日夜引領而望曰我倅在庶幾其攝我守乎監大夫用是檄君亦其稔器君之故滁人以君課而歸全椒人

爭之境而不得已于滁或問楊子倅與長不同乎曰不同倅分而長核倅者受成長者自為政者也然則長椒之與長滁同乎曰滁勞倍我我帥以聰雖猶之乎攝厥施廣矣業君辦倅又辦攝長者何也楊子曰倅長者寓也簡勞者投也隨寓而辦迎勞而剸者具也夫天下有必才者也才小則局大亦局桷杙之不可以為梁局于小也故黄次公為三公功名損于治郡函牛之鼎之不可以烹鷄局于大也故龐士元非百里才惟夫委蛇其道一龍一蛇大之則斡旋乾坤

而小之亦試之卑官小吏而輒効斯至人之通才而幹濟之偉具已乃今覩于葉君望之溫溫如處子而犖犖恢恢動見迎刃投之倅則倅投之令則令已又投之守則攝守藉令縣攝得眞游至大吏其局寧可量耶或曰葉君嘗令而蹶矣至是而輒犖犖恢恢者何也楊子曰此君之所繇以犖犖恢恢也夫刃不百淬不銛士不百折不見蹶而吏更而諳斯騏驥所以汗血于羊腸之坂而卒以千里稱哉陵陽之璞剖而爲璧人主爲之齋見而償十五城而其始不免于刖

是葉君泣王矣今遇之矣而犖犖而恢恢茲固其償十去無已矣然則其使攝者何也楊子曰攝者涉也涉水知水涉吏知吏涉者所繇需于真之途也漢制守郡守或京兆尹滿歲為真而我　明亦爾署郎中員外郎試御史君所爾攝則何詎不以真畀之乎古之既者必有所先猶十二牛先以乘韋賜吳夢壽之鼎先以乘馬加辭　國家將遂肅君為真令真太守則攝固君之葉與亦宜哉幸為我留君于椒及滁毋為別有力人奪之去也椒學博魏君王君辱君誼至厚

而念君将舍椒而滁于是以諸生仁有嶧乞余言而余為言如此

奉送 太子少保户部尚書褚公 特恩予告

叙

以今觀于褚公進退與 天子所以待褚公不猶然古之道哉古王者之于大臣也稔其賢則任之任之而以私請則慰留之慰留之而不得則異其禮而遣之而古大臣之方肩事也如家督之視其家也[illegible]功成名立而不居也如行千里者之也于負也[illegible]

臣之軌也粤稽方策亡逾伊周周公戚臣義不得去乃伊尹既以其身斡旋天下之難而寧冐天下不韙之名已遂告老而退若脱屣故其書曰臣罔以寵利居成功嗚呼三代以還而其脱然于寵利之途者亦罕矣獨漢韋賢以丞相致仕入主為之錫黄金安車駟馬以歸修為盛事而唐綠野之裴香山之白當時猶以未盡其用為恨而余竊服其止足之為高也乃今數百年後堇堇見吾師褚公云始褚公以少司空得請家居且十年天下望公如威鳳恨不一日而覩

翩儀諸廷也已即家起公貳計部督京庾亡何而漕臣缺　上念淮泗湯沐鄉而歲飛輓四百萬石繇淮走京師為咽吭最鉅而棼微任事不二心之臣不足填撫而公所繇不得辭于拜命矣公至其疆一意以急公家而甦元元之困所拮据擘畫井井斬斬蓋不下堂皇而其精神即兩畿諸行省外亡所不注者不煩教令而其惻怛即文武部吏及鄣弑艘卒之心亡所不通者不事禜禳而其誠懇即部內之名山大川河伯天吳之屬亡所不寘格而象指者用是奏膚功

而進青宮少保矣而公之心猶且欿然若虛退然不屢乞骸之章亡歲蔑有　天子既重違廷臣及百姓之意而以東南之半壁授公又重違公意而踈十餘上而後允至于御史之代為請與公之舉巖穴以自代而益知公之苦心至于　詔俞暫攝勅所司起居以聞而益知　上之不得已于聽公有如失左右手也全椒令樊子以語楊子曰夫公六十五而強飯又八子而才也衡以是知公之于造化也其取之也若出祿粟于太倉毋或乏也其受之也若滙百川于東

海若毋或滿也勞而予之告疼而以玄纁駟馬徵此
人臣之異數而造物者之所獨不靳于公也公行矣
安石起于東山涑水召自洛下公旦暮遇之矣楊子
曰否否予謂　朝廷必召用公為異數而公亦必分
猷錯事之為報　君乎夫國有勞臣里有祭酒而節
其力于風波震撼之中使之為鴻之冥為鵬之息此
數之尤異而不必其以官為家者也且也得請而歸
僮以耒婦以臼陶陶乎樂也對酒而歌比于擊壤之
老亦所以荅堯也質行而人胥化之子弟不敢以譎

見于家賈不敢以譪見于市士不敢以譪見于庠鄉大夫不敢以譪見于里為彥方為仲弓不必其卿與相也而況乎天下躁于進而公務以退風之天下競于取而公務以舍濳之天下捷于健而公務以倦休之則于世道何所不裨于人心何所不正而顧彼之艷而此之咨耶于是樊令楊子相與讚歎不置而楊子為之次第其語

和州倅姚君臺獎叙

始和守郭大夫之被臺獎也余以言賀且譚之曰境

如食蔗薦漸之矣亡何果薦而其寮姚君亦以倅郡之末朞而奬奬君者即薦郭大夫之褚公所穪江以北大填撫者也公登吏最精覈奬姚君不即薦亦其不得已于君之倅之淺而姑待之云郭大夫顧余余起前賀大夫謝曰不佞不意儼然登薦書也唯是姚君以進士為商丘令令治行冠兩河云而會有所忤而倅吾和亦云絀矣則豈其以一臺奬重而不佞亦豈其以一臺奬為君重抑猶憶吾子之譚食蔗也繇奬而薦而超遷其于君直掇之哉以不佞代匱郡長

示觀君之治之有譽于上而割之以為華唯吾子言是藉楊子曰余于姚君而知直道之猶在人心也何者始君之令而蹶也世惡有一意佐元元之急如商丘而不免于彼婦之口廳吏安可為也則有廑心扼腕而謂蒼蒼不足據者矣乃其倅和州仍親民也倅睞令非秩峻而易以獲上也其奉職循理而洵沐燠休其民猶商丘也聽于守非若令之自為政也涖不數匝月非浹于三四年之久也其豢犛腸肥而事貴人非阿于為令之日也然而和之讒曰賢弁奧

紳曰賢其寅大夫又曰賢以至于御史大夫之塡撫我者亦又下檄展采而勞君曰賢則信乎直道之猶在人心而姚君之天至是而始定矣余嘗以為郡邑之吏唯兩臺能以其舉賢剌不肖之權達之　天子而唯民能以其公是公非之口聞之兩臺然而有司能遠道以干監司之譽而不能厭匹夫匹婦之心于是兩臺之權不能不為蚩蚩之氓絀蓋商丘之氓也所不得者權有力而所得者氓也此十一之數也未定之天也徐而試之和之郡之倅以徵其頌聲于民

而民戴其德式歌且舞倅之監司所稱權有力如大塡撫者至俛首而詟于蚩蚩之氓而不能不下檄展采而勞是不稱公心乎而曩之厄君于商丘者能竟抑之乎古之豪傑之士往往如干將莫邪然愈淬則愈銛愈摧挫則愈振姚君之迎刃而解也余非于其倅和知之也自其令而璥卜之也何也淬而更也來安之長缺兩臺亟檄君君才恢恢于蕞爾乎何有然要在與民便益不欲為束濕氓所謠謳歌君蓋庶幾哉廩廩德讓君子矣鵬之大息以六月摶以羊角而

後直上九萬里茲善喻哉令而蹶息矣倅而奬監太夫為之羊角風矣繇奬而薦而超遷洵九萬里矣如余曩食蔭之譚矣

送姚君擢永城令序

既以罪謫已而召復其官曰賜環環者還也一斥而不復曰賜玦玦者絕也兩者均之乎君恩而賜環幸矣迺其繇亦有二焉其一無罪而挂忌者之口而久之而公論定則還其一雖不能無罪而創懲深而德益進則還乃今姚君之擢永城令也是賜之環而召

役其官也豈余所謂久之而公論定者歟夫姚君者干將莫邪余知其品之必程于用也其釋褐爲商丘令而一意洵沫其民河以南蔑不知君之爲循吏也其不能俯仰事貴人而貴人必甘心焉而後快余知其無罪而謫官也然而君之既謫也恒引以爲己罪而其倅于和也折節而禀之長也故其言曰孔之言涉世也危行言孫而余并其言而危之若之何其不動以跌也又曰孔子之侃侃下大夫而誾誾上大夫也以貴貴也而貴人之甘心余也宜其及也繇斯以

觀君之所得于謫者固深矣天下非亡材之患而善用其材之為難而古之豪傑之士往往始乎困衡卒乎練豫章梗楠天下知其美也然而沒于泥沙剥于霜雪者且數百千禩而後爾于天下曰美材故姚君之始而謫也所以玉成君而淬礪其質也而今之召復其官也捻君之質之淬而遂大授之也何以明其然也夫永城之距商丘尺咫也其士習民風猶是也躓于其土而復授之非漫試之也以為其砥而嘗也夫君之才亡弗銛也其守亡弗潔也以其銛與潔之

之過而或不免于圭稜則從而懲之懲之而其德進矣斥其圭稜而劘夷之矣則其銛與潔洵足以爲世用矣于是乎一朝而畀之專城之符猶舊物也其境猶舊游也昔以之齟齬而今以之迎刃則動心忍性之効而　明天子所以奬使人也又何以明其然也方百司之有纖髮過也　上未嘗不知之已知之未嘗不創之也然而　上固無樂乎其賜玦也自非大不肖如庭者未嘗不量移之而獨甫朞而還其舊則姚君之懲創深而　上之知姚君亦深也夫永城于濮爲

大丘而其長至今稱陳寔彼豈有異政亦直以簡靜與民相安耳君下車卒為我訪父老寔之蹟今猶有存焉者乎古與今雖不相及然其民固直道而行之民也脫簡靜如寔果其民亦宜之否然凡此皆君所自進于謫之后而亦　明主所以賜環君者余姑以塞和州郭使君之請如此云

司訓王君屢獎序

秣陵王君與其寮泗州魏君貢仝年選仝庠而其涖事徽又仝日王君開爽魏君醇實而鄉大夫楊子游

兩君閒兩君各自得也盖王君之司訓不三年而其
被奬于監大夫著屢至是益之以撫臺褚公按臺周
公之檄之奬而加重焉則魏君仝有之二三子仝函
釆賀之而不佞亦仝一言張之矣庭嘗以為仝官色
妬仝賈金妬仝官名妬世而偷也亡論達官顯途操
戈相軋即廣文冷局師儒清流外習纖趍中藏城府
或工媚要地則賣友以市其讙或浚贄諸生則背交
以私其入譬之兩鴟鳶攫一腐鼠遂相嚇也以今觀
王君有是耶君為文選公孫文選公當　武廟時伏

關諫南巡杖死其後則方岳公蔚蔚有聲于君為世父而君胚胎前光燴張後烈又其生為豐鎬舊區彼都人士自為兒時固已盡交大父行天下知名長者乃其訓吾椒也規方為通劃異為一與人交率夷夷于于洞中無畦町而尤與魏君異趣而仝懽殊襟而並豁事相質痛相憐飲食相呴沫余嘗從兩君魏君不好弈又不喜酒兀坐悛悛竟君席罷而君談天彖輮浮白大噱然未嘗敢于魏君出一先後也至所為董正諸生應承長吏一禀成魏君曰魏君長者亡裏

昔孫斯以觀君之心行白日皎皎矣夫亡脛而走者名也不蹯而附者行也紳衿之交頌監司之僉雄天下未有無因而至前者也一人譽之一人旁而嘖之者內不足也十人之長不足以饜九人之心而欲交吻而稱此必不得之數也孔子之言曰獲乎上有道不信乎友不獲乎上矣嗚呼惟魏君信君唯君信魏君而後監大夫信君及魏君此亦足驗其信友獲上之券而藉令君不值魏君而第值夫魍魅狐蜮之徒如余前所指者君雖賢安知其不從中妬之而競撓

之乎故余深嘆夫兩君之賢而又以為兩君一時之
遇是可幸也已

送郡守王公擢南司空郎序

有所抑而不得其平則不踰時而自然未有章章如
王公者也公令臨川用高第召為駕部郎已長司勳
氏皆陪京而軋公者旋擬考功令以彼其劇劇邑恢
恢若刃發于鉶則堂堂其不給于才與力也者而蜮射
為也遽守滁眎臨川劇而鄙人尤旁午稍稍不自得
輒心望去或蜚語而旁四大郡屬眎滁滁亡所不嚴

事部大猾作姦持長短泯頑徒鬪逗留中訟籍互跳不可禁止其黠如是公故長者恥為秋荼東濕愽名高而所爬搔蕬井井其禮士則議曹王生未嘗不敢邑子客也行部而常出生界以來不為忤也其字泯泯弗率寧亦沐之鞭而潸焉可也賦于泯裁取足陽道州之拙催科也其拙獄則棲陽人亡敢以賄進其馭胥則帖帖受爰書所上下手也其提躳則不持一物自天性哉而豈其有味于置盂也者蓋至于咲不至嘻怒不至詈乃大者斧斷小者縷分公之才之力

洵工于承蜩[illegible]耎于扛鼎[illegible]矣監大夫之薦褎上也主
爵氏之跡名諱也　上俞令副南營繕郎也縣匠夫
匠婦之謳歌而[illegible]于公卿[illegible][illegible]之亡所不譽無肝膽
心腹之披瀝而[illegible][illegible][illegible][illegible][illegible][illegible]賊之環不獨息昧
公者之亟推轂公[illegible][illegible][illegible][illegible][illegible]于旁蔚羅于路亦
怍舌于論定之後而不勝[illegible][illegible]與悔茲非所謂不待
其平而不踰時而白者耶或曰留曹稀簡不足當[illegible]
在卜之三以公之才之力之慨慨也業知之仍閒[illegible]
之問[illegible]楊子曰不然夫王車[illegible][illegible][illegible][illegible]以[illegible]首入[illegible]

之誼也出按之艱入懟之暇者體君臣之道也公典
州紬矣州而滌勞矣以二十年簪履之遺僕僕從簿
書䟽起北山不獨稱賢乎汲長孺不以積薪慰人主
乎乃公獨類乎其順而曾無幾微侘傺之感此在古
人猶難之而其于縣官恤臣之私厚矣 上念豐鎬
舊區諸曹郎優體貌而畀公隹山水間上之以其暇
日討論 朝章講求諸大政而下之亦有所眺而休
馬以供其浮白大噱之興而以發其鬱然弔古之思
其為我問父老昔所稱鬬雞走馬探丸蹈蹵之跡今

猶有存者歟營繕郎典經營造作之事以賛司空
上方新兩宮採木川貴諸處節不獨行在所留郎不
為無事且也恤其劳則暫息之已息復勞之急河則
河急虜則虜急中原則又畀公中原楩楠豫章與夫
追風逐電之足工倕伯樂有不顧而他者耶獨吾滁
失公與夫丘壑之人亦所徽式廬授餐之誼以自老
故雖媮快于公之為天下用而不能不恨恨于吾私
也公屬吏全椒尹丘君來安尹曾君暨二邑博士為
祖道餞而授簡于不佞庭庭為序

楊道行集卷之二十

目錄

序下

張母朱孺人八十

楊道行集卷之二十

全椒楊于庭著

序下

曾和州給由序

天下不治其弊在吏治賔相蒙夫使下蒙賔而上以賔蒙是上下胥爲蒙而世安得治雖然賔之効以月日計久之敗真之効以歲計久之乎此良竄之别也曾大夫爲和州三年于兹矣其監大夫之持三尺涖之者幾何人矣其部父兄子弟之耳而目之者又幾

何人矣而其言守廉者寬仁者明有斷者威而不殘者平徭薄賦賉百姓如寘之懷者見善若慕見不善若浼井井斬斬郡以大治者踵相接頌相傳也已滿三歲兩臺為之請于　朝大畧言守治行為江以北第一宜進守秩奉直大夫錫之　誥命吏部覆言守果賢有狀宜如兩臺言　制曰可于是和人幸得置大夫而又為大夫父母貤封慶其縉紳王君馬君將函采以賀而介不佞門人張尚儒以言請楊于庭曰余于曹大夫信真之滲于膚百相倍也何者其父也

以剌久餙見馳久駿見世未有嚴而久者即一人譽之十八旁而嘆之矣且也三載考績倣自虞周而漢吏二千石課最詔加秩賜金守郡如故夫非懇其蒙嚴故需之耶大夫以其真心理棼若家事而和之人亦信大夫如父毋以彼其誠雖可馴鱷可去而金石可貫也倘所謂桃李不言下自成蹊者耶庭不佞于和為隣氓跧伏田間未嘗敢造請乃大夫過里則時時式不佞廬或遣人致餉焉而去即陶猗朱百年不能得之于其傍郡刺史如不佞也以此觀大夫豈非

廩廩有禮讓君子風者哉而使得千百會公布列天下監大夫守若令則何至以其賈交相蒙而世又安得不治也今　天子既璽書勞大夫度且暮以公卿召必問大夫何以治和州大夫長者其對必以為此主上德意臣何力之與有然此自不佞信大夫經術翩翩不至若龔黃遂須王生教戒矣

楚兩生攈詬集序

楚故多材黃岡則樊欽之先生與余善余既廢而會欽之令吾譙閒睞余以其弟玉衡暨漢陽李生若愚

所為博士語屬余序則集名攘詬業取諸騷經云然
所生方羔雉縣官名無脛而走天下則奚所侘傺乎
志而爲此牢騷不平如左徒也者即有司者一再試
而先生生豈其不忍須臾之不售而託之乎騷何詬
尤之與有何祓濯之爲也抑楚人善怨自其天性然
乎非耶乃其旨則已具在余友鄒孚如序中不具論
余所爲廣所生者吾以爲詬則無務蒙之吾以爲無
詬則無務攘之吾以爲詬而無詬無詬而詬則無務
執塗之人而問之蓋吾家子雲書出而衆相詬也獨

桓君山以為後世必有知子雲者藉令縱後世而無知于子雲何詬而顧力攘之耶亡論土苴即行不愧影寢不愧衾而或辟然詬之哫訾慄斯喔咿嚅唲而世不謂詬也兩生何攘焉夫名者其物糟而不必有也詬者可攘而不必然之數也是以君子居其實不居其華故去彼取此然而縱兩生之力之所至當必有以自信而無詬于人者而其于余言乎何有余姑以告欽之并質之孚如交相勗焉

吏隱集序

自楚黄樊欽之之與不佞庭游也而庭時時讀欽之
詩矣已從欽之讀其弟玄之所爲文業爲序又讀其
子維藩所爲疏義業爲序序而書可知也曰吾未見
山川何盛生諸樊若是楚雖數材乎則安所從漸于
家世而駿發光光也欽之曰衡之學本之家封公崙
川先生云先生集今具在而以吾子之辱好不佞其
幸一言敘之庭謝不敏已卒業而后知欽之兄弟父
子其所漸于先生者遠也先生于學無所不窺大都
本之語孟六經而旁及百家諸子稗官之說其爲文

不斤斤古法而其中宏其外肆譬之制轡筴于垤中而居然有一息千里之勢已至所為聲歌則又精深踔厲往往似開元大曆語藉令先生慱一第得一尊官以彼其名必且睥睨一世飛被四裔而乃菫菫一明經慱士以老夫其醞光未竟而天有不卷之于先生之子若孫者耶雖然使先生慱一第得一尊官其文辭聲歌雖有以自異于衆然必不能宏肆踔厲而必傳于後如今無疑也又使其一發而竟而其光餘緩先生之子若孫必有賴于先生者矣若是則先生

終不以彼易此先生以欽之貴封官于朝集名吏隱者其為博士自名其齋云欽之既為名御史而其弟又相繼舉進士予以里選對大廷所謂胚胎先生之光而益憑之者非耶然以庭之不文而獲叙先生之子之孫之業已又序先生所劄采于先生藉甚矣

汪博士陞楚藩授序

以今觀于博士汪先生之遷楚藩授也其不快快于中乎哉蓋先生五年訓而弟子習先生也于法得六館不則郡邑文學掌故矣顧今之遂遂曳裾王門也

者茲其故難言哉楊于庭曰余往謁先生來訥不出口退語諸生以爲長者長者云然至其森轉腷臆不諾矣旅而見監貴人而貴人有中之者耶諸生仁有嶧謂先生行宜有贈則徵言不佞庭不佞庭之謁邑侯樊使君也則相與惋惜先生以爲不得志于六館及文學掌故云使君楚人而庭因爲先生問使君以楚也使君曰夫傅楚藩者愉矣庭曰藩傅則何震之有而使君頤欲張之耶使君曰子亦未聞藩大傅之朝于宗人而夕于儀也夫宗儀而類　國家之靈則

既半于楚矣而其屬之請名者請封者徵傳莪以闡也于是乎潤傳而傳有以自潤而何患乎貧然此猶其小者也楚宗而既多矣于是乎有賢者有有禮者風流者能詩者善飲酒者奕者鼓琴者蹴踘者徵傳莪以好也于是乎驩傳而傳有以自驩而何患乎病然此猶其小者也且夫楚之有洞庭雲夢猶其遠者也黄鶴仙人鸚鵡處士夫非四方之所侈于楚者耶而傳偕其宗儀眺于斯咏歌于斯彼且為方外游吾亦與之方外游彼且為無町畦吾亦與之無町畦奚

不可也庭咲曰使君張楚乎使君曰唯唯否否夫吾所云謂潘大儒不惡也至如鷄肋之味則吾子既知之矣于是庭復于仁宥嶧而餞汪先生且告以爲所聞于樊使君者如此也

袁先生掌教下邳序

今天下無真才其原在士不豫教而教士之無法其弊在世之視學官爲甚輕　祖宗朝學官滿九載課最即入爲給事中主事御史以故重自愛而其教不嚴而成迺今渺矣積資五六年訓遷諭諭遷州學正

府教授官亡論庸衆人即如吾邑諭表先生者自其
徒其儕以及其監司無不知其賢表表也顧董董得
一郅州學正也者茲可謂聊學官不甚輕耶楊子庭
曰官之輕重繇人為也博士纖趨夫先自輕也矣安
能重我若表先生者世將九鼎視之矣必博士又奚
必給事中主事御史諸生濶仁嶧居美進曰何也庭
曰余往典濮州比見其屬之訓若諭甫謁見即以其
顯人介紹來余心御之已問其藉之同榜其達官其
雖無斥葛必對曰是其之中表姻婭也姓同則其子

弟父兄也即徵監司問之亦必先為事端自夸見蓋
今學官大都然矣乃廣陵之族袁為大令袁先生者
即左方伯竹谿先生之從子而今御史其之兄云然
先生居柵五年余竟不知其家門若是盛也徵獨余
不知即先生居恒亦未嘗為諸生道一語頃邑大夫
樊公知而問之先生猶囁嚅不即對以故樊公為余
言先生長者高有行誼人也雖俛首一博士可與纖
趨蓬累之夫同類而共睬之耶邳州守故當與先生
朝夕見乃其人即鄭君向嘗尹來安余知其賢知其

必器重先生如樊公無疑也余又聞邳州為古下邳先生其為我問鄭君世所稱說圯橋進履之跡猶有存焉者乎余少負氣不能下人竟以敗今方欲學道而恨無黃石老人敎我然觀袁先生與諸生處四五年而竝無一語自見其家世則先生于黃石之學似有見解者茲余所以亟重先生也

兩顧生母夫人壽序

毗陵蓋有兩顧生云頃余舉于鄉也今顧季氏明年成進士今仲氏顧仲氏業已起家尚書郎顯矣弟亡

所婾快而時時愀然容焉則惟是一二兄弟問仲氏故仲氏曰憲成不佞不意儼然屬櫜鞬從執事其謂一官儻也父背母六十是無若我何藉令歸而伏子舍取親中帬廁牏自澣洒伏臘一斗酒壽太夫人也簪組之樂不劇于此矣余數聞此于仲氏心怦怦動焉余尊人老在堂也夫上豈其以鼎食娛太夫人春秋高念孺子袞然起徒步自致于青雲之途不令地下人一覯也不憯然恩乎時時伯季氏長跽上太夫人卮太夫人徘徊而念仲氏薄游燕市間也將無戲

歟能酒乎使者奉仲氏書至太夫人得不簌簌問濡子亡恙壯方寒瘃習水土未每飯幾盂得無念媪瘠乎仲氏挈來太夫人送之門也不睸睸悲乎太夫人余不知余尊人念余念太夫人于仲氏不殊也仲氏以是故歆歸邪尚書郎滿一考秩父母如其秩仲氏所爲錫太夫人直旦暮間不具論且也丈夫爲縣官陳力脫一休沐不得第茸之耳夫何以解用附立身顯親之義孝之大也仲氏脫即疏言臣憲成母老乞陛下財幸予告計必報可耳然其于太夫人所爲摩

孺子勞苦何如哉方先贈君偕太夫人隱賣漿家也
則唯是不朽之志在仲季氏仲氏一旦而籍曹郎而
太夫人喜可知也曰庶其成而父乎在遠非疾思也
然思為之計則祭祀必祝之曰必使孺子長守位也
而仲氏則矣而必能而官備　陛下驅使余知仲氏
所為太夫人壽者不在承顏在繩志不在沫濕相煦
濡在奮身一當令天下稱是母是子也余少兄弟而
念家尊人老也計銓則外吏也將不有度邛郲九折
阪如王陽所畏道者乎傳有之豈不懷歸畏此簡書

於戲靡盬之訓懍尊人之指者義之所不敢出也仲氏之弟之兄皆足為仲氏娛太夫人而仲氏容與其身于承明之廬以卒先贈君太夫人之志若是而尚刺刺不大懌耶而脫如不佞牛馬走則又何以藉手奉其尊人懽耶故余所謂壽太夫人者如此其為我謝李氏有而昆弟在仲氏從簡書可矣

鄒孚如母夫人壽序

孚如鄒子起中書舍人也則奉母夫人鄒之京師亡何鄒子進吏部主事而猶用舍人得恩數云　勅曰

爾鄒氏占鳳從名儒之隱匡翼高標夢熊毓哲嗣之
才協襄義訓朕甚嘉之其封爾爲太孺人當是時太
夫人既拜命于官邸則數數語鄒子曰自吾爲汝家
婦而世貧賤幸汝成進士而汝父不少須臾待汝封
也唯是未亡人獨幸逮汝言已舉酒酹地呼先贈公
泣鄒子及左右皆泣而太夫人又指其所佩珠翟冠
及霞帔曰嗟乎吾乃一荆布老婦而孺子則華門閭
實人也始委爲縣官未有大功可以稱者而朝廷以
覃恩之故施及孺子父母而孺子安得忘報塞也乎

鄒子跽謝曰兒敢不努力明年鄒子進員外郎而太夫人忽忽思歸也于是員外郎疏言臣母鄉迎養京師且三年今且歸臣誠不忍母老人獨行謹按京朝官送母還鄉故事惟　陛下幸許　制曰可而鄒子者復奉母太夫人之雲夢矣會其明年太夫人壽六十而鄒子以請于其友人楊子員外郎戶部者楊子謂鄒子曰太夫人欲歸乎曰欲之子請急而送太夫人也于太夫人意何欲曰余不忍余母獨歸故請急母不欲也楊子曰余固知太夫人不欲也何者子往

貤封時太夫人不誡子令毋忘　朝廷也乎子歸而婆娑奉萬壽觴意甚善然太夫人必重誡子曰孺子丁時休明列在華署所不能夙夜爾位陳力縣官者不顧舉子之觴且也老婦幸強飯子趣治裝北上揖意服而官無念我度為誡如是子以何對猶記鄒子初入吏部以書問余子何以教我余復之曰子銓吏也銓典才才猶材為大者為棟為梁小者為杙故寸有所短尺有所長子慎揄之而已今鄒子為吏部二年矣其所得棟者梁者幾何矣倘亦其吐哺握髮

邪而一旦請急以去其若公家何度所以媮快太夫人在彼不在此鄒子喜歸以其言壽太夫人太夫人亦喜曰孺子有友不難視孺子也者吾爲子三舉觴云

中憲大夫池州守杜翁八十二序

燕趙間世家則永年杜氏今其翁壽八十又二云翁起家進士官至二千石歸老于家子八人第進士者二人領鄉書者一人孫曾孫各十數人每壽翁則綵衣巨羅繞膝錯趾其樂融融洩洩矣不佞庭往及翁

仲子今給事廉[illegible]又同官云以故習翁鑿鑿言其行實　肅皇帝[illegible]大獄而翁為郎西曹也會柄臣以危法中會御史大夫及夏相國獄屬翁翁寃之宵人承旨竟論殺相國御史大夫而柄臣業啣翁矣守池州有異政而會從計吏計吏則最池州乃柄臣故不欲最池州已又遍入諸郡國守相賂而池州獨亡賂則大恨守守部內墨者度不免于守則厚賂柄臣子業為地而守又爭之以為惡有魚肉百姓如某者而可勿問也則[illegible]百姓

者庭往所聞翁于給事如此也給事又曰父老矣自
糜兄弟桂仕版而父時時惎之曰毋以我故不亨于
官而窳而愊我所為清白詒若曹也以故糜廩廩自
澡礪不歆賣翁問為堂構羞云楊于庭曰余于杜翁
而知天人之交相與也詩云視天夢夢既克有定靡
人弗勝夫當大憝竊柄苞苴公行而翁以仵旨罷夫
也壯夫豪士嚼爲不平而豈知天之報翁于廿年後
若是厚邪炙手可熱敗不踰時承望宵人盡先朝露
而翁躋脩齡復完祉又會　穆皇帝及今　上再覃

恩復翁秩進一階而翁之子則翩翩振振為鳳之毛為麟之趾即史所稱萬石君亡是過蓋至是而翁之天始定矣藉令翁曩者汶汶沁沁習為繞指而一切從貴人所盱衡顒指莫敢詰即暴貴車上儛儈之父睨之令即耆不得比于里祭酒而天又安肯使之高年而多子孫又盛邪夫壽天厚之人成之故木壽莫如松栢其託之高山幽谷者天也而其亡斧斤牛羊以完其天者人也高年如翁多子孫如翁厚之天矣而翁生平撝意東脩不欲靡尺幅以驩當軸者追維

事兄弟益脩而行之給事令歷下歷下人尸祝令已
令過里里歲祲則捐粟千鍾賑里人祲今給事留垣
所條上大都纖纖達國體禪 君德非苟焉而已籍
是張而翁令脩名與天壤並則所爲完翁之天者固
弘且遠哉語曰何知仁義饗其利者爲有德夫饗莫
如翁之所云世載其德者也詎偽得之也

封君許翁八十壽序

天地淳龐之氣其鍾于人也厚則其發也緩而長培
塿之山其木不昌高山大澤扶輿蜿蜒而後產爲松

栢為楩楠歷千百歲而材大厦彼其所託根者厚也天目之山霅川之濱篤生許翁實吾師大京兆敬菴先生父云先生初郎銓曹馳封已出僉粤中臬旋仆為轉運倅稍稍起至駕部郎復出為盱江守用年勞遷督學副使至今官蓋通籍二十六七年而後列于九卿也者之非所云其發也緩而長者邪先生丞南冋時不佞于庭以諸生受業門下竊見先生所稱說大都皆先民長者斤斤左矩右矱即宜獨無情容乃其性方毅不能詘意事貴人往新鄭江陵繼執政媒

致先生不得則心望而先生坐是默默也顧先生習
朝章抱經濟大畧其處分斷若素定雖三公九卿
咸易之云故余嘗以為先生之品如蒼松古栢干日
凌霄而竊意其尊人必有為之高山大澤者以厚積
其氣而駿發其施不然何盛生此人也已余游四方
時時與先生相聞問亟訊翁先生起南京兆攝冏事
蒞滁而不倭于庭亦以使事過里得侍先生謦咳因
問曰翁壽幾何矣先生曰今年之二月六日父壽八
十矣余喜前賀復問曰翁強飯乎先生曰父年雖耄

而耳聰目明行優矍鑠如六十許人余益賀曰百歲百歲已退而嘆許氏有翁而吾先生之所以發而緩而長者有以也語曰合浦誕珠丹山誕鳳而況乎瑰瑋國器為時碩果雁直邁種倘亦有丹山合浦乎故曰不知其父視其子于庭雖鶩奉教于先生有日矣藉令先生力田逢年遂至卿相則其養未必深其德性未必堅定而安得卓卓犖犖如蒼松古栢然然徹翁厚積其氣而駿發其施則又何以得此于先生若是鉅也須先生貽于庭書曰以足下之才幸盍居之

以道含章時發篤實光輝三復斯言則先生之所得於翁者固深乎固深乎夫龎眉皓首往往而是汎習無述則厥算一蟪蛄蜉蝣爲唯夫翁厚積其氣以詒先生而先生益恢而大之以與古所稱三不朽者竝則翁之壽固三光永永矣不徒乎庭亦有尊人爲然其乎先生含章篤實之訓何有而又何以籍手爲尊人壽也

張母壽序

于庭少握槧則大張君燔仝社云大張君晩饑詰納

余而余以故莊事君父閒入謁其母會夫人而太夫人時年可五十也君父曰東蒲翁磊落大度聞其兒及楊茂才游則喜茂才過翁翁輒趣太夫人帳具而太夫人輒呼僮掇畦蔬殺雞倒甕釀而歎茂才乃罷其爲大張君重容如此當是時二張君攘尚未冠而其季張三者則余猶記及大張君講藝之日而大夫人舉爲者也余既桂仕籍四方游而東蒲翁爲季聘余七女弟余亦時時書相聞其三年喪東蒲翁余哭之于鄄城邸又三年余叨役豫章過里省覲而見

大張君相與握手道故已升堂拜母母辭不見然張君言母毿毿白髮非復講藝時而二張三張余亦不復識其貌蓋別已十年于茲矣余有友而姻張君者金君仁吳君居美謂余曰以子之好大張君而其母以明年正月一日六十壽子其若之何余自惟愴往如昨而已不逮東蒲翁而忍及太夫人壽辰閒無以當擧白則何世執之為也顧別亡何而太夫人已六十藉令嗣令而耄而耋而百歲期頤忽忽耳安所稱久視而藉手介太夫人乎古之言壽者曰無疆曰萬

有千歲非直以百歲滿望也然而人未有真能千萬
歲者也而詩人又非諛也則何以說也楊子庭曰人
壽不滿百乃其言千言萬言無疆者是在所樹哉是
在所樹哉載藉言孟母言歐陽母彼固兩田舍嫗非
有王公褘翟之家青雲之附也而一以子與一以永
叔邁跡自樹赫赫好脩而其斷之機畫之荻亦竝泐
焉若瀫二賢則毋亦與儈人市子同澌共盡而惡在
其屐在房第焜煌彤管也張君兄弟故雋然幸無忘
太夫人所爲爲君帳具握槧之客而圖所以振太夫

人脫也沁沁焉汶汶爲瘝而履懷而竪而孺子甘毳之謂何夫樹不必濟亦不必見揖心畢力升沉以之故傳言補天言塡海夫海非可塡天非缺也喻能樹則窮天塈地無鞿也勗諸樹之哉無令爲張也母也者不歐不孟而澌泯若田舍嫗則張君兄弟任矣

李太宜人九十壽序

太宜人者奉政大夫濟南郡丞小湖彭先生配宣城訓導封承德郎主事公母而奉直大夫户部員外郎夢祖祖母也不佞不逮郡丞頗從長老時時稱說郡

丞丞三大郡竝籍甚其人如高山峻嶺蒼松古栢然
風采可想已不佞爲諸生而偕戶部君游拜君父則
又儻蕩夷舉風騷自命龍虎變化不可縛捉人也而
戶部君仝不佞成進士又爲寮稔知其人蘭茁玉蹌
淵停嶽立翩翩佳大夫也然而徵太宜人蔑有造于
彭氏三世矣何者左右相攸雞鳴待旦則郡丞所繇
成也愛而能勞三遷不傾則承德所繇肖也含飴而
美施于厥孫則戶部所繇遠也以故年九十而耳聰
目明行步矍鑠盖若爲彭氏三世報太宜人者茲固

天乎茲固天乎忒以問駕部楊子若太宜人者古之人有諸楊子曰女行不出閫盖其難哉傳言婦吾得一舉案人焉傳言母吾得一和熊人焉之兩者非不光光彤管矣然未有兼夫與子而成之者也矧于孫何者數猶幅也織既定能褎而長乎且也精殫于少昏于耄嫗摩其孫而沫濕煦濡教斯掩矣乃太宜人固粉黛者流非有王公大人之識經史之雅也而以成郡丞公為能婦以成承德公為能母以成戶部君則又為能祖母噫嘻一婦人而坐見其夫與子及孫

三世之成其視董董一成其夫一成其子若舉案和
熊者相去為何如而彼猶令人艷羨嘆慕而不置在
于太宜人當何如也而載籍所未有者于彭氏得之
今之執酳而上太宜人壽其樂又何如也夫以太宜
人不世有而庭序太宜人孫今年又最親法宜撫拾
太宜人事實以告太史故于是乎序

程翁壽序

蓋自不佞之及鮑商應兆游也而以故習程君湛已
從湛知而翁而翁者新安人所稱西館小山公而休

守令所嚴事祝哽為老更也者乃其少亦嘗商吾譙
譙父老猶能為余言之于是翁雖布衣人乎而其名
已無脛而走江南北矣今歲六十則應兆為介乞余
言云翁之言曰語有之名與身孰親身與貨孰多夫
所貴為商者誼為上名次之貨為下故鼎食素封連
騎擊鐘將乾沒不佐里井之急以殉身乎將椎埋恣
睢以扞當世之文罔乎抑厚施而薄望振人之急而
不尸其功以為名高乎烏氏倮巴寡婦以彼其誼動
萬乘故足術也何知仁義饗其利者為有德與駔儈

市兒之行吾不忍為也是故其商吾譙及眦陵也歲息若干取子錢十二券而負輒析之王祈之病涉也翁曰我橋哉已歲祲捐粟若干鍾賑饑者蓋自宗族逮里人待翁而舉火者幾何人矣余所聞新安人及譙父老者如此而應兆曰翁非乞施也自其少而估俾里塾闇而隣有妹欲就翁翁非不可也于夫寘其寘而厳行者亦可以興起也矣已五十而廢箸而猶趣二子施老不衰止倘所謂天性非耶惕于庭曰樂施之謂仁能禔其躬之謂義勤而行之之謂德余于小

山翁見三善爲傳曰六十始壽翁自今六十而七十而八十而九十尚盍懋乃脩俾新安人及譙父老永乃懋哉業在抑之戒余故誦詩不敢不因應兆以告也

王母魯孺人七十序

里有女士曰王母魯孺人亦母余元舅傳巖先生配而先生階文林郎臨漳丹于法配稱孺人孺人雖生而笄幘乎頤其行誼挺挺有丈夫概而自其爲冢婦事舅姑固已婉娩稱能婦矣先生少躭讀孺人緜集

佐之讀比得雋乙榜以官而孺人又剏布佐之官已奄焉而稱未亡人而拮据攣兩兒一蹐一扶光光亢宗則孺人之大有造于王氏三世也往孺人六十壽也而不腆祝釐之言則既千里而屬之甥庭氏迄今癸巳而亦越十年于兹矣則孺人且七十而庭亦免而歸矣于是戚屬曾子吳子江子謂庭宜復有言固以請庭則俛而愴先宜人顧今其屬餘幾無寧謂一甥毋在而嘅然為無以侑一卮則惡在渭陽為也抑小人有母緊不得事而又何以壽孺人孺人子儒士君

左右就養無方服勞不解母衰而伏床待每饘粥兒
嘗而扶夜唧唧呼侍婢必前應曰兒韶在母寢熟迺
就寢然未嘗一夕解衣帶也郎中令建取親中帬自
浣滌方君蔑矣傳曰孝子愛日如儒士君所以養孺
人藉令君一日而致公卿左五侯鯖右熊蹯以羞阿
母寧易之乎又令麻姑爬背王母授飱安期浮丘之
屬各以其刀圭進君且叱去知不及嘻嘻斑斕懽也
若是則庭又何以壽孺人抑庭猶憶犬馬年始三十
而為孺人六十壽今且四十而又為孺人七十壽以

天之靈籍令庭得年七十猶及壽孺人百歲于其時而拜嘉諸君子之命當必更有言當甘毳也

汪東泉六十序

新安之族汪為大汪氏老則令六十壽東泉先生云余不識翁何如人也而鮑應兆氏以翁婿廷株来則具言翁獨行好脩君子也余于廷株不甚習而應兆所稱說知不虛鮑子知我也聞之應兆翁蓋業商者云商之道頗有拾印有取尚獲糈為惟力是視而公獨曰否否語有之貪夫死財烈士殉名夫聚而不能

而齪齪若駔儈兒者此袁絲所爲安陵富人弗
與通也余思焉猗氏白圭以彼其販鬻顯諸侯則樂
行其德矣是故其商雲閒也十三視息貿則貫之人
有名則與作而呴沫之以故賢者服其誼不肖者歸
爲富者皆其程貨者丐爲重積而不居逃名而名隨
斯東泉公之行也司馬庭曰有徵乎應兆曰夫十起
不起者私而公之振其兄弟之子猶子也已徵獨姪
也公之友有其子喪資斧而懼討于父者亡奔公公
曰緩急人所有也而窮而投我而我安得恝然而已

乎于是畀之金使賈賈大有槖焉而歸而後為父子
如初也君子曰此非獨其能施也其與人交久要不
忘許之以信巳字其亡人出之阨其大誼有足多者
今儋圭束紳而為士人者其于友不翅煦煦厚也乃
比其落井反下石焉而何責于賈豎者耶東泉公以
布衣非有王公大人之識又非有簪紱以來縛其躬
也而其婞節反若此者何也則天性然也而廷株又
曰翁有子聘而未婚以殤而其女曰吾巳字汪氏矣
遂為之守義至于今倘所謂相觀而善非耶夫天道

無親常予善人故公之能為善也者乃其能為福也者而其能為福也者乃其能為永永也者語曰人貌榮名豈有既乎余嘉乃誼故因應兆及廷株之請而述之不欲沾沾作兒女子語也

戚母孟孺人七十叙

將為女婦壽則必彙其壼行而揄揚之揄揚之不足則又述其夫與子而頌禱之是果誰昉乎曰婦行不出閫其壽亦不經見而獨魯頌言壽母不言所以壽之者後漢書乃有登堂拜母如范張交未聞侈為文

也自文生于情而後世始有揄揚頌禱如今日者要
使其行著于彤管之林而祝釐于鬼神無愧辭則今
戚毋孟孺人矣孺人生　肅皇帝御極之初氣融而
醇如彼松栢生于沃土有壽道焉又其父為兩峯孟
先生而歸石樓戚翁則南玄先生實其舅兩先生以
道學倡後進始于閨門而孺人所漸摩固已朝于劉
向之列女傳而夕于大家之女誡七篇矣戚先生解
都給事中歸而輶車之式廬無虛日石樓翁則時為
諸生有名也孺人婉娩進滫瀡羞之驩四方之客而

尤以其紡績佐石樓翁治博士家彡背而石樓翁亦賫志于有司以背而孺人稱未亡人也則煢煢手孺子仁泣曰𤼵婦庶幾兒長以藉手報地下乎而仁為諸生長矣孫人則又泣曰老婦庶幾抱孫以藉手報地下乎既舉孫而喜可知也曰自是以吾年聽造化以吾家聽吾兒而吾日以含飴弄吾孫而享吾壽其可乎蓋自先大夫締姻于戚而孺子陞婦于孺人稱猶子矣巳仁辱兄事庭而庭時時拜孺人床下稱通家子矣孺人以十一月三日誕而仁匍匐祝曰天乎

願毋百歲而遠吾襁褓之孫之成也而孺人謝曰吾
老矣唯是歲歲舉兒觴幸甚乃其羣從子及弟姪之
儕為女夫者亦匍匐祝曰天乎願毋百歲而遠其孫
及甥孫之成也而孺人又謝曰吾老矣唯是歲歲舉
而曹觴幸甚不佞庭從賓客中洗爵進曰唯唯否否
夫天道猶酌而人則杓而承之者也以石橫翁未竟
之年而孺人以身濉之以兩先生所委命于造化之
古而孺人以神全之是天壽孺人而孺人又自為壽
也夫當君子背而荼也岌岌焉孺子仁之不保而何

知孫今既孫矣又以節致棹楔矣夫既溢其不可知于前而何遽當其不可知于後且度而孫之成孺人不及耄而孺人何知不遂耋也里中人言仁孝事孺人每一味甘必以進孺人色不愉輙踧躇所苦為諸生謝去而時時侍孺人古稱一日養不以三公易蓋孝子之用心如此藉令孺人得壽耋則仁色養且二十許年矣于三公何有而况區區一諸生哉其謝去不顧余故遈之矣

兩峯先生詩叙

肅皇帝時吾郡蓋有三先生云德行則太宰胡莊肅公氣節則都諫戚公而道學則郡丞孟公孟公者學者所稱兩峯先生者也庭生而不逮都諫公猶逮莊肅公而不獲見顧幸見孟先生孟先生是時耄而庭甫舞象歲然而先生得余驩也孺子孺子乎詔而良知而悟不庭唯唯蓋其學于陽明先生爲高弟而更印證于甘泉湛先生東廓鄒先生及念菴羅先生稱全志友矣先生雖不亨于官乎及先生在而郡國守相之顧見先生者至不敢以干旄導既見而亢亢然

亟自得也豈所謂桃李不言下自成蹊者哉梁木其壞學者用夷而先生守師說如魯人之饞鼎已逾太耋碩果猶存矻矻爲郡祭酒然余不知其嫺于詩也先生殁而余識其伯子養浩于獻縣丞頃又識其少子養中于里于是養中手先生詩謁余泣曰以先大夫之辱知子也而又以子之辱從先大夫游也唯是不朽先大夫敢以請余何知詩則又何知先生詩顧明興而以講學詩者白沙定山其著已世未嘗以兩先生學而遂廢其詩亦未嘗以兩先生詩而并訾其

學則先生之勃窣理窟自成一家固未易置一喙也昔藍田晚而得譽而論者謂人不可無年至右軍名位不逮藍田又謂人不可無子夫當先生之與莊肅及都諫公鼎立也校位不足校年有餘浥彼注此而竟以其名鴈行進先生之所得于年者固多乎而養浩養中又能深惟先生之意而圖所以不朽于余是可謂能子矣故不揣而為之序而亡論先生詩云

張小溪六十叙

蓋張子之以茂才異等貢太學而其父始六十也于

是其子姓之斑衣舞者若而人其姻戚之洗爵進者若而人而其四方之函釆而祝釐者又若而人然而張子弗醳也曰微大人先生之言則安所壽吾父已而愳曰當吾世而有婣于辭者吾為吾父雖百舍重趼而丐焉可也而度今而亡逾楊先生也余則北面焉而又距其居不二舍也于是介魯君以請曰遐溪處士者父父也蓋五十四而舉父而猶逮父之以孫斑斕也以故父爾小溪云而其繇新安徙箸歷陽之烏江里也自父父昉也父父大耋而父手滫瀡而羞

之乎中裙廁牏而浣之既背而孺子纂矣手不操計然之書而家不擅烏氏倮丹穴之利然而拮据視什一之息而操其奇贏遭有天幸箸日殷殷起也又曰夫鮮衣怒馬鳴瑟跕屣而唶嘆不佐閭左之急即樊氏之滌陰氏之黃羊安用之而父不為也雖時時游于酒人乎顧其急人之難自天性然而又伉直面折人過卒亦未嘗纖芥留云又曰父丈夫乎四而儒為長比就外傳則亟令之從賢豪長者游即儒之獲摳衣于先生也父趣之也而儒幸奉大對矣已又偕其

三弟兩兒懽菽水矣郡嚴老更而晉大夫致父冠服矣唯是不腆百歲觴庶幾刲采于執事者先生寔重圖之楊先生曰儒遊余門盖亟聞其家秉云漢而為留侯良唐而為玄真子志和盖留侯晚而辟穀而玄真子則烟波之釣徒也逮于公世世有隱德云然要其旨歸亡逾老氏而留侯玄真則得其意而精用之者也信乎天之道猶張弓也餘其有餘則常餘而務足其所不足則不足且夫父耋家饒多子孫而壽是天以有餘奉公也耋而孝饒而施壽而好行其德多

子孫而亟趣之從賢豪長者游是公之以有餘付造化而不盡其用也夫惟以有餘付造化而後善留餘夫惟不盡其用而後用之不可既張公之于老氏深矣公甫六十而儒暨諸子皆得才幸為我語公專精神進飲食以饗其餘于年以及其子孫而佇見夫壽耇福祉之盛國家將脩祝鯁祝饐之禮于公即公亦欲付其餘于造化而不可得者余固卜之哉余固卜之哉

歐陽翁暨配林孺人偕壽七十叙

始歐陽光禄君之貳昆陽也而已念其兩尊人不欲去其又明年而翁暨儷林偕七十于是光禄君手耙醑而羞之而融融洩洩乎樂也公萧人而僑居于椒于法稱寓公云而吾椒暨萧人之為寓公壽者介王君戚君以言請惟光禄君亦庶幾余一言重也顧載藉所稱寓公有隱德而又夫婦偕者梁鴻扶風人入吴龎德公南郡人入鹿門山以彼其齊眉如賓之誼卓犖乎徽蔚宗氏傳而蔑有述于今矣然不聞其壽何若即壽而其儷未必偕而蔚宗氏弟追而蒐之末

嘗親見之也藉令隱德而壽而其儷又偕又幸而當
蔚宗之世而有丐之言者宜如何而稱述焉而余所
繇不得辭矣闡之光祿蓋世居壺蘭城闍左為歐陽
詹裔云　肅皇帝朝而莆洶洶倭警矣公念毋背而
獨其尊公老則以之間關走吾椒而篳路籃縷以處
也、前既荼公父子亡恙而更拮据為小賈已用宣曲
任氏法益斥而大之而箸可萬金于流寓矣則下撫
二弟而上娭其白頭人盖仲埒而嫠之屬栢舟操者
公成之也闔而寓者食指以百計而公以鄉之人沐

之譙而窶者食指以千計而公以寓之人沫之然亦忘乎其為沫也子而才輸其貲以官于　朝而公弗敢汰也趣辦而事曰　明天子之仁也歲而禝輸其粟以冠帶于有司而公弗敢有也趣返而服曰部使者之惠也仲子暨孫而又才則又輸粟以貢于太學而公弗敢居也趣肄而業曰而王父大王父之詒也蓋其德自公樹之而自其孺人趣之自絣辮洸以至素封之著而未嘗一日而忘規也翁媼晨起子孫婦以次跽上食夕而課子錢之入不貲而及其于家政

未嘗一日而忘絣繴洸也楊子曰余觀歐陽翁暨林
孺人豈非所謂梁鴻龐德公夫婦哉彼隱也而此賈
而隱難矣彼隱而偕也而此偕而壽而又多子孫難
之難矣雖然彼之壽與子孫不可知而此可知者何
也蔚宗之傳畧而不佞庭之序詳也畧者追而蒐之
而詳者葺而目之也昔樓君鄉之日致夫五侯鯖也
其母在也是時而嫺于辭者亡逾吾家子雲而護不
聞丐其一言為母重也光祿君守在大官其壽而父
母則四方之琢亡不力能致之而必欲徼一言之重

乎不佞甚矣其能為子也其賢于樓君卿也夫有光
禄君為之子而翁與孺人一旦而出梁鴻龐德公矣
婦上毋感也

封君李翁暨配孺人七十壽叙

始李翁為博士而其伯子以雲間理滿一考也故事
非辭任不得封封孺人從其子云又三年而仲子復
為廬州理會翁亦謝事　詔封翁官如廬州官于是
雲間為御史在告而廬州亦且入為給事中御史矣
頎時時咄嗟以為脫屣夕而伏子舍取親中廁牏自

浣則豈其以一給事中御史易之乎蓋前後薦廬州者以十數民歌舞于途而其心未嘗一刻而不繞兩尊人膝下也鞫一獄署一爰書必為之平反曰兩尊人教我弗敢枉也發一屬下一赫號必為之踧踖曰兩尊人教我弗敢忽也已有一善必推而本之兩尊人曰不肖弗如也兩尊人有一善必求為之譔述曰不肖弗能闡也是廬州君之心也會行縣過全椒而全椒人楊子奪官家居然其好古文辭甚而廬州君雅相慕也則造廬請曰不佞兩尊人偕七十而以吾

子之嫺于辭也又以不佞之辱好于吾子也唯吾子一言而當其毳則如之何而吾邑令樊君暨和州守郭君亦爭為廬州請也乃于庭不獲晤御史君然知其賢于海内卓卓又知其雲間之政似廬州至于廬州君則耳而目之熟也嘗怪君兄弟一出而超軼人群以為其地必傑而人乃靈丞其尊人必有為之厚積而駿發者以故過永城望其山川徘徊不能去已即其土人問兩李進士家世則知翁孺人翁蓋俠而有隱德君子也家不稱素封而慷慨振人之急已厚

施而薄望不伐其功盖其宗其姻其隣以及其邑子所洵沫于翁者幾何人矣邑有富而亡檢者頗交翁且以百金壽而翁許之也里人大譁豈其翁而比之夫巳氏乎翁徐以其金賙其乏之賻其喪問其孤嫠各德翁甚而翁曰非其也夫巳氏之詒也盖自是而其人始為善士名里中則翁所成就也翁始訓與化繼為京師之武校長董博士而時時以其俸分諸生或庋圖書及文人墨士所著述間則摹而為文為聲詩上下心其工也既以其兩子贄縣官遂舉雞肋而棄

矣而不必其戀也其德刑于家人而孺人婉娩象翁指潛乎沕穆而不必其聞也余所聞翁孺人如此也

楊子曰世稱壽為天厚之也其不然哉其不然哉籍令得數于天而罔克好行其德其于承載必不幾矣夫壽而偕偕而多子子而並貴又偕以其子封翁孺人之取精用物于造化者侈也然而厚積有如翁者乎其儷有如孺人之善左右者乎人子之四方宦有如司理之跬步不忘翁孺人者乎其斷獄有如兩司理之不寃者乎夫天之厚翁孺人也如湛露而翁孺

人則金莖之掌之承之者也繇是道也雖大耋而期頤可也書有之天視聽自我民視聽不使江以北人也江以北合四郡三州數十縣百萬之衆而亡不嘖嘖廬州理之恕之平至唯恐其失怙而内徹去夫此百萬衆者精神與天通也天爲百萬衆怙廬州君則必爲廬州君壽而父若毋夫一廬州君足致之而況翁孺人又自樹之而又別有伯子御史君也

桂軒張翁七十叙

吴君建之暨余姨兄金七以桂軒張翁七十来辱曰

士勳女夫而渾然及翁子煦為姻友唯是洗爵而祝
鳌堂上唯子言又亡何煦以翁七十來辱曰煦不自
意而二君業有請矣唯是手瀹瀡而斑斕膝下唯子
言庭所聞于煦及吳君金君者則翁大都隱君子也
其足跡非大故未嘗入城市其孝友脩于家而鄉之
人無間言其于勢利漠然亡所關于心而第度古書
畫及博通堪輿醫卜之說其教子孫不言而躬行其
于人嚬唉無一苟者求之古則漢濱老父瞿硎先生
宋纖其人哉然漢濱瞿硎并其名與姓而逝之而瞿

硎及纖即以栢温馬炭之貴倨而求一識其面而不可得至不得已而強為之銘與詩又安肯令人知其若干壽而文之也張翁者夫猶古之道與而人業已知其姓名業已識其面今又從夫世之嫺于辭者而丐其文則毋乃不合于漢濵瞿硎諸君子之旨而所謂身將隱矣焉用文之者非耶楊子曰唯唯否否夫迯名而不使人知者此逸民高士之致而非所以語于孝子仁人之用心也孝子之事親也父脩辭則即其辭而傳之曰吾父作者也父奮功則即其功而大

吾父于旂常為第一也父潛而脩則即其潛闓之曰吾父質行為里祭酒也夫人壽未有如岡陵也而孝子祝壽必曰如岡如陵祝願之不足又即文人而丐焉其言熾而顯則躍然喜曰是足以傳吾親矣脫其人亡當而其言不足以傳必不慽夫百舍重趼而更丐也斯色養之極樂而愛日之至情也乃仁人之從旁而觀也寧亟亟焉揄揚人善而不忍重傷孝子之心寧使其揄揚或溢于真而不忍使片善闕而不著其責在我則必從而譔紀之其責不在

我則必即其在我者而為之告之縣斯以談煦即不為翁請吳君金君即不為煦請而余即以不文辭于兩君及煦此必不得之數矣翁今七十而矯健如五十許人忽及吳君金君又皆同時而射策于有司彌三雋脫煦一日而致貴顯則必益思所以揄揚翁吳君金君一日而致貴顯則必為煦益思所以揄揚翁將必更丐夫海內之嫺于辭者而何屑于余言而余姑以復兩君及煦如此也然余聞里人所稱說復有所謂張菊塢先生者菊塢于翁為從兄其至行亦復

相似余以是嘆何張氏之多隱君子乎豈其並貞[illegible]
遯齊名考槃如黙衞之同氣淡潛之共宗者哉夫里
有隱德而弗為譔述是余之責也矣是余之責也矣
既廣孝子之心而自附于仁人之旨故併及之云

外舅吳翁七十叙

庭既為外舅無號山人傳及序其拙窓逸史矣已洊
其生戊子而至今　上之丁酉壽七十于是子姓及
諸女夫羅拜堂下而賓客亦凾来于其家翁辭曰不
佞不敢以耄故重勤諸君子賓曰里巖祭酒即徵筐

篚豈其當翁世而蔑一言介翁祉翁固辭曰雖然不佞不敢以耄故重勤諸君子賓曰職方氏今之嫺于言者也業亡所不授簡而豈其獨遺于外舅氏于庭既謝客已颺言曰余觀吳翁而知古今人之所繇壽大祖遠也或曰何也曰古之壽上壽之今之壽自為之爾有說乎曰三代而上治化翔洽而其民無夭札凶厲之虞以逮于老既老矣則又祝噎在前祝哽在後寧使天子有事就問而不敢不使之杖于朝其養之如斯其隆也故曰古之壽上壽之世而衰也而人

不復待壽于上矣并其所以至于老與養老者而失之矣于是富者以其甘毳適豫焉而壽而貧者亦以其澹泊無營焉而壽故曰今之壽自為之也夫余外舅無號山人者固蓽門圭竇之人而佔俾之叟也非有王公大人為之繼粟繼肉以贍其躬也并日而食環堵而居非有滫瀡綺縠之奉高車曲旃之安以調攝而康適之也然而七十而耳聰目明豪飲大嚼如四五十許者則山人之志恒澹而氣恒專也氣專則無佚思志澹則無艷念壽不于山人又何適矣蓋山

人之言曰吾何以營營為哉吾布衣而委蛇于先民之矩弗知其為賤也吾衡門而栖遲而自食其數畆之入或相與徜徉嘯歌于山水之間弗知其為貧也興至而哦不必其調之合也客至而酒酒至而醉醉至而陶陶眠不必其旨也翁所繇游乎廣莫之野而次乎無為之途者以此老子有言專氣致柔能如嬰兒乎是故嬰兒日啼而咽弗嗄也日視而目弗眊也弗知其啼與視也夫弗知其啼與視者其神全也是澹與專之說而余所以壽余外舅氏者也

七經思問序

蓋漢儒近古其文往往本之六經爾羽翼云代降而文與經岐而二而世始多務華絶根者矣然而一二大儒猶能考證經義而其論不詭于聖人逮于今而學士爭浮慕古文辭日浸淫于諸子二氏而第占一經以羔雉縣官如綮者之芻狗庭嘗思一挽之古而不可得而竊聞浙有磨範川先生者其人邃于經學而恥為近代雕鏤之文則私心嚮往云顧以不得見其遺書為恨而幸及先生之子在泮縉帶交邑爾備

兵使者来而庭辱部以内于是兵備君梓先生所著
曰七經思問者而使使問序于不佞庭受而卒業
而後知先生非今之儒而古之儒也蓋先生自其束
髮受書勤窮理窟多所心解其言易以為四圖有功
于易而誚歐陽諸人之妄訾其言詩以為太師陳詩
而被之樂所云不淫不傷者聲也非辭也自文人之
詞出而其通于樂者寡矣其言書以為穆王優于宣
王故孔子存君牙冏命呂刑三篇而于宣不之及其
言春秋以為桓四年七年亡秋冬二時乃其傳習之

原書缺葉

而其詩頎益雄自是李伯承暨公兩子伯仲嗣起而濮陽人亡不闌闌翩于詩乃其所嚴事為祭酒者尚書公也余守濮不遠公及伯仲父子而獨其季子長與余善子長逡逡對余如不出口不知其俠也伯承從容為余言子長少時客新鄭相公及上書　世宗皇帝脫尚書公于遠山以東亡不延頸為子長死而余始以俠知子長然不知其醞藉翩翩善繪事也居久之得子長花卉樹石烟雨諸景種種飛動無為小令度曲歌而余始以繪事及小令知子長然猶意其

為徃公子不謂當作者林也居乆之余守職方而子長子叅軍本示余以其父清華軒歷下稿各一帙余然後知子長之泱泱有大國風為不忝其兄與父而余之得子長恨已晚矣已為之删定而歸之且許以序而會叅軍卒于京師余亦屏歸里與子長濶不聞問丁酉歳杪始得子長二刻并以書索序于余余業已有成言于叅軍不欲背而又不忍當吾世而失子長竊恠夫以子長之情之才藉令掇巍科躋膴仕其名必有不脛而走四裔者而堇堇曳裾王門以老又

自尚書公之背而子長之遭患難瀕憂危者屢矣晚又喪叅軍及其少子牢騷侘傺而其詩彌益工使子長不遭難不瀕憂不牢騷侘傺必不能沉精鬱思以自致其詩若此以此觀子長雖不必掇巍科躋膴仕而所得孰多當必有能辨之者又子長不求知于世而余十餘年而后知子長則信乎天下后世之知不知毋庸較而顧吾所以取知于天下后世者為何如苟有其具毋患世無知之者余于子長益信也

春秋質疑序

自公羊氏穀梁氏出而左氏絀自胡氏列之學官而公穀亦絀然其徵事不于盲史乎其叅討不于二氏乎而若之何華衮也斧鉞也一切尸祝胡氏而亡敢置一吻也蓋孔子晚而作春秋其孅者弗使知也即知之弗使告也而七十子竊聞之則退而私論之盲史掌故而髙與赤亦西河之徒也耳而目之而猶以為如天地之摹繪焉而不得而況乎生于千百世之下而姑臆之乎胡氏矻矻摘三傳之類而擷其華語以剳獲其手筆削之義邇矣然其議論務異而其責

人迒苟聞有勳公穀而失之者以王子虎為叔服公孫會自鄸出奔之類是也亦有自為之說而失之者卒諸侯別于內而以為不與其為諸侯滕自降稱而以為朝桓得貶之類是也庭少而受讀嘗竊疑之歸田之暇益得臚列而虛心權焉權之而合者什七不合者什三則筆而識之而質疑所繇編美博士家謂三傳出而春秋散而胡氏執牛耳也呂不韋懸書于市而詔之曰更一字者予千金此必不得之數也夫既列胡氏于學官而噤左公穀之口是懸之市也既

懸之市而余猶置一吻于其間是吾家子雲老不曉事而恨不手不韋之金以歸也蓋漢人之祀天也以牛夷人之祀天也以馬而天固蒼蒼也祀以牛以馬不若以精意合也夫不以精意求聖人而執胡氏誚左公穀是祀天而或以牛或以馬也茲余所懸疑也

張母朱孺人八十壽叙

吳人張子自其翁西溪賈全椒則遂生張子全椒而亦越五十餘禩矣張子拮据起家置腴田美陂頃百數然每飯未嘗不在閶門洞庭也生男女必婚嫁于

吳曰吳所自出也西溪翁在殯且廿年必以其櫬返
日窆塋于周夫亦猶古之道也母朱孺人老而嫠而
張子手酏糈腒上食未嘗不百方娛母也母女弟適
余外伯舅氏而嫠老埒母則又舁之家而未嘗不百
方娛也姨母亡出子諸媵子而張子弟畜之相呴沫
也故余竊心重張子亟欲列之當事者致棹楔而會
余罷廢不果屆是朱孺人八十余內弟陳子謁余一
言張之惟張子亦欲藉余言壽母也禮婦行不出閫
所繇章章者子爾古稱曾子詎不謂養志哉張子起

布衣習宣曲任氏法非有章服以閑其躬與夫漸摩
于書史也母老荆布非習于大官之珍褕翟之饗也
既自度其力之所至以供母亡弗殫又度母之心之
所至以娛母亡弗順母思吳則男女必婚嫁之吳母
念女弟嫠則迎而贍之如母母念女弟諸媵子則畜
之如母出亡之而非母志也者則亡之而非祇承也
者身牙籌箕歛之中而蹈王公大人之履蔑執經問
難之助而符鷄鳴問寢之風張子之性與古人幾矣
記有之將為善思貽父母令名必果將為不善思貽

父母養儲必不果乃張子之里居也歲大祲捐粟若干鍾貸其負者不問也操券而走其門子之金期而問其息不如券者不責也問何以爾也張子曰吾父習為之吾母又時時訓也茲所謂貽之令名者也故自邑搢紳弟子以至市儈田氓之屬亡不津津述張子此豈可以聲音咲貌者耶唯高山產松栢巳松栢茂而益以薈蔚高山焉故不有是母孰生是子既生是子而是母又藉以傳余所為壽張母者如此張子勗之哉嗣是母年益高子養志益不懈益好行其德

而不居所為母令名永永誰貽之乎則張子也美余
雖不文尚能歌咏君雖賤當亟列之當事者致棹楔
也

[illegible]道行集卷之二十一

目錄

題陳志玄游草

楊道行集卷之二十一

金椒楊于庭著

引

遊郢草引

楊于庭曰余聞之鄙人扣金拊鐃仍仍然樂也及其擊建鼓撞巨鐘而後知金鐃之足羞也余好古而力不至其于文若詩將所謂金鐃非邪然及讀杜工部所為繁絲與急管感激異天真之句則又沾沾自多矣故夫天真之發于物為吟于人為文章大者銷三

光之明鑠草木之精而小者如螢之啼如蟲之蠉然曷者不為天真哉鄄故僻簡余為守鄄五年所為文若詩若干以細音故不亟收又半為奚囊所散失然不欲忌吾所為吐吾真者如此姑存其十二云乙酉陽月穀旦

詩抄引

余業用毛詩起家守鄄上間檢胠篋故所佔俾訓詁語眎門人孝廉王九臯氏王生曰犄士矻矻占一經已售輒閣不用倘所謂土苴非邪糟之食之著之何

州畚錦擲之也曷椑諸余重違生意已進之曰王生
王生乎吾家子雲老不曉事以彼所創獲結爲大年
而諸者且以覆瓿也博士璅璅又何足云且也丁之
觧驍然書然者刃耶抑神来耶神王意昌風雅如見
即傳註且土苴而安用博士語爲于夫覆瓿知不免
矣

封濮州皇書跋

庭守濮亡狀竊不自意滿三歲　天子以爲勞　誥
封其父若毋及妻云于時家大人就養郡邸則北向

稽首而拜曰是唯我 明天子大孝錫類仁及小臣已有今日已南向呼先太父太母而拜曰是唯我祖我父積行累世施及後人以有今日而又誡庭曰孺子念之哉負 朝庭忘而父而祖矣庭跽對曰庭不佞敢不祗若父訓以對揚 天子之丕顯休命

書鈐山堂集後

分宜爲翰林及在告時其詩絕清婉似孟襄陽迨其官日高而其詩日以不及則信乎詩必窮而後工而世未有復寵貴而能工詩者也又分宜居鈐山十餘

天下甚稱其恬退使其便死則豈不一清脩翰林哉不幸而壽又不幸而至卿相而竟以惡名終也悲夫

選詩刪引

詩自三百篇以降其唯選乎上泝漢魏下逮齊梁雖其世代遞殊體裁各別而昭明所輯固已咀其英而擷其華其棄去不採散見諸家者如彼崑岫無遺瑜焉故可畧也唐人近體亦復取材李杜兩大家好之尤篤工部至課其子一則曰熟精文選理一則曰續

兒誦文選讎之玄經為君山所好論衡為中郎所珎

庚有所當之心者非苟焉而已頗其間亦有一二未

合者庭自癸歲即嘗伏讀而竊疑之奪官家居時復

紬繹妄以為五言雖盛于漢魏至其四言終為三百

篇所掩而補亡關中華林幽憤槩見收錄變戎古乎

所未安者一也平原康樂並屬宗工自謂錙銖足娃

千古擬古擬都捃摹何為持必弄蝸神色兩索至如

張協之擬四愁並為少味所未安者二也亦有序章

蕪漫如擬之詩尤貴不與恐致患者造語艱晦如冀

野北辰星問此玄龍煥者賈謐估權桓玄逆節獻詩闕唱意既可嗤如以其詞亦未為美輒難以李陵相然皆可雄視所未安者三也以是數者推而廣之人雖具眼集豈無瑕竊不自意僭為刪其若干首淘之汰之餘幾乎瓦礫去而珠璣見矣然亦止以備篋笥便繙覽耳若謂庭身非堂上眼在井中慱慚陸機胡解文賦識愧鍾嶸胡叙詩品則庭又何說之辭抑人有言文章猶日月焉昭昭而見之也知我罪我其在斯乎其在斯乎

杜詩刪題詞七條

五言古詩其源出于蘇李及十九首曹劉陸謝抑又次之齊梁陳隋風骨彌弱唐人唯陳子昂李太白最為近古子美老將沉雄前無堅陣如新安石壕新婚垂老無家及前後出塞發秦州諸詩以之鼓吹漢魏誰曰不可唯是古詩無過十韻者長篇累句杜時有之不獨八哀穠繁孱美今姑刪其甚者其瑕不掩瑜俟觀者自得之總之槩唐人古詩終屬唐體恐未能駕軼漢魏也乃魏晉以降迄于我明詞人往往沿樂

府諸體似青蓮不免焉獨子美直拾時事自爲一題千古以來無此度越矣

七言歌行雖起于魏文燕歌至唐始暢唐稱李杜李雖天才一手豪放其變化有窮而獨子美之變化無窮至其沉深感慨令人可喜可悲可歌可涕亡所不可可謂聖于歌行矣其間不經思者爲刪一二云明興歌行唯壮地并州得子美悲壯之旨信陽歷下皆不及也

五言律六朝已略有之如葉低知露密崖斷識雲重

者謝朓也水隨雲度黑山帶日歸紅者陰鏗也遠水翻如岸遥山倒似雲者隋煬也然至初唐而始名至盛唐而始大今觀十二家亦既爛然雲錦矣至如子美以為沉深也而未嘗不從容以為綺麗也而未嘗不蒼古以為雄大也而未嘗不細潤其于五言近體即青蓮王岑尚不敢合曲而奏而况他乎間有可删亦千慮之一失也

律詩七言尤難如水田夏木况以漠漠陰陰便成佳絶若上二字可删何必七也大都七言之法起語須

佇蒼又須開門見山頷聯中聯須有開有闔有近有遠有虛有實末二語宜櫽栝又宜典重不宜纖巧此盛唐諸人及子美之所同也而子美七言之妙則在盛唐中別為一體如支離東北風塵際漂泊西南天地間人有此起乎伯仲之間見伊呂指揮若定失蕭曹唐人有此聯乎關塞極天唯鳥道江湖滿地一漁翁唐人有此結乎至于拗體尤為創獲然余意學七言者無學唐無學杜此畫鵠畫虎之喻也其以類瑕刪者于子美則江海之污垢云

五言排律其體與五言律不同鋪叙富麗一難也對伏精整二難也過度處如駿馬折旋于蟻封之間三難也唐詩十二家均稱妙品至于淮陰用兵多多益善則子美執牛耳矣昔人謂胷中無一部國子監看不得杜詩諒乎

七言排律堇堇于工部見三詩非必其至者然亦可見古人長律之法如此也高棅品彙遺之所謂棄蘇合之丸而取蛣蜣之轉者亦足哂矣存之

子美不長于五七言絶句然其老辣崛蒼亦自有可

喜者余故删而存之大都唐人之于絕句則王岑升堂青蓮入室達夫昌齡之輩自可坐于兩廡矣工部詩聖獨拙于此所謂食肉不食馬肝未為不知味也

題陳志玄游草

自志玄之甫舞象也而業為詩已游南雍訪六朝之遺與 高皇帝開闢之盛而詩益進會有所不愉則益嘆曰身猶寓也苟可以攄吾古今不平之感而發其跳梁睥睨之興則豈其畢婚嫁而后五岳游于是登金焦吊虎丘尚羊三竺六橋間為逸史已渡錢塘

探禹穴浮江泊小孤入豫章轉入閩謁武夷稅駕東粤望所謂羅浮五羊者而后返蓋志玄之游閱二年所歷名山水以百數得詩若干首好志玄者為鋟諸梓云歸而問弁言于余余惟詞人之好遊者亡逾謝靈運氏以彼其窮討山川仰帆躡屐往往為人所厭若而其興竟以遊致之杜少陵丁亂變生間關萬里而或者謂其入秦州詩曠逸若有江山之助若此乎詩道之有藉于游也余亦好游其足跡半吳越齊出燕趙秦凉之境而至其詩不加工乃志玄歟然若

以余為詩恭河伯是矻哉何能為大如來說法乎柳
詩能窮人即余所述康樂讁死少陵饑寒居然可睹
已志玄家累萬金而獨揮去不顧脫身為布衣游巳
悯悒牢騷家徒壁立而大肆力于不朽故余譚間志
玄將詩窮予耶抑窮而后詩益進耶志玄不答或謂
謂于志玄何以得此于游揚[illegible]亦不答

楊道行集卷之二十二

目錄

記

楊道行集卷之二十二

全椒楊于庭著

記

濮州重修城南門記

郡城迴七里許，歲久寖圮，而南門圮尤甚。頃郡守朗陵劉君為請于所司，業修之矣。亡何，劉以憂去，而諸所塗墍率剥落如襲時也。兵巡道王公行郡，眺于斯城，嘆曰：是安所雄保障哉！會余至，王公檄余議，召匠計之，直百金，廢不可再請之帑，則衆為余難之。余乃登城四瞰濠塹毀敝計易甎直三十金左右以故事對郡守所薪櫝藉炊爨也嗟夫苟有利于百姓吾何愛于是虞而敢言私哉郡有廢廠在安平鎮余收其材直二十金民能談者原其罪姑輸礫若干計礫二千斤余曰可矣于是凸凹完嚙築頹剜蝕而畚而杵而郡倅傅董之厥有經紀閱月告竣樓堞輝映費不帑費工不農病余乃悄然蕭落爲已頒謂傅倅曰君知濮乎壯距魏博正德辛未盜起洶洶薄我郡幾荼矣南襟曹州東帶鄆邑臬使特持節涖之非以盜故

并西抵澶淵健兒嘗飲馬矣詩之言桑土者豫也國家脫有萑苻之警弄兵山以東余與君非當與城俱存亡者乎而顧安得嘻嘻緩帶而已乎傳有之治官如家十金之子鹽米甑礫豆豉之屬縷縷處分不休何獨士人則鄙視官日夜媕婀鼓徙而釋負去也余嘗不習事頃余為諸生讀書夜分必令僮扃戶僮報扃矣余繞壁燭之後眠去恒以雨圯急呼僮堵爲誠慎之也輒不自意代匱郡事視余為余家奚異邪門戶不扃誨盜生心而號于人曰主人無與此余所

謂舛也余爲是懼既修城南門又不欲忘兵巡道王
公之意姑記年月令後者可稽焉

吏隱堂記

廳後故爲福星堂云戶部楊子抵豫章既視事改今
名朝者曰嘻楊子隱乎吏乎夫隱者必茹而芝漱而
泉枕而山石而夫也典署之劇督藩之漕手無絕披
耳無停囂罔金馬石渠之所娴咲而又何比于歲星
而竊桃故曰道不同不相爲謀而子謬謂吾無託名
大隱是躍馬食肉之快即洗耳釣竿之高而黄綺與

鄘陵竝鶩也楊子曰唯唯否否夫當進而躁者吏乎
吏者也處世而逃者隱者也身江湖心魏闕而
白衣以卒相耕北山以移文詬者隱而吏者也而士
君子當喧而窣窣乃真處埜而一一乃貞於溷而清
清乃名者吏而隱者也故不泉而激不松而吟不藥
肆懸壺而靈而子以劇署溷我以漕司圂我是飲貪
泉則歐伯夷之節而居於陵即成仲子之廉也而可
乎哉于時楊子歐駕部為郎中而嘲者曰子言固也
既溷而錢穀而又穢而甲兵未稅朝鞅又戒宵征大

夫道長足繭無停故吏乎吏者莫子若也何吏隱為
楊子曰謗曰心苟無瑕何卹乎無家故吏而隱者吾
無吏心焉吏心之謂市心市心之不得則觖觖懟矣
吾吏猶轂然推則行不推則止進不受德退亦無所
受怨故可為委吏可為乘田亦可為司空可攝行相
事若是則孔子非邪然者乃退而吾以記吾堂如此

遯山記

徙庭為職方狹于茲閲于幾不濟于衆已自免之明
年而言者益卄心庭　大子憐不誅詔免為氓錮不

敘于是庭之鄉之人尤庭憝而愚竟以敗惟庭亦自
惜其頑愚而猶幸其耕以自完不悔也家故有容膝園
累石為山頽其巔不可亭不足蔽風雨山之下有池
池有橋䑕為之峻滑不可度庭既廢世無所用而用
其力于一丘一壑闢以自娛于是仍其址更而大之
山高二丈餘下為洞上為亭旁為兩小亭㘭如杈如
望之巽如礱石而池金鱗牣如鋪木而橋徃來于于
既成名其山曰憩山池曰憩池亭曰容憩亭庭既廢
孫辟諸貴人顯者而獨一二野人過焉或曰子以憩

縻子則有之并以辱山若池何也庭應之曰夫山之
大者蓊蔥鬱蔚力能騰雲而爲霖而其石之瓌瑋而
絕異者上之充文石之陛而下之亦蒐而致之王公
貴人之囿中今茲石既詭頑然而不程于用而奇章
平泉之所棄而不採者然獨見齒于余又其累而爲
山鏁取適于峭巘之側而其下淺植而寡樹亦若庭
之流放于世而無援至于池水清而無巨魚非有納
污茹垢之量而其與余之淺中又適相似則遂舉而
以自名之可也子厚貶柳州至名其溪曰愚溪夫冉

溪名山水自開闢以來已有之而猶無辭以解于子厚之厚今庭非重于子厚而山為庭之所自累而成池為庭之所自鑿而成其亭榭又為庭之所自構而成矣其成于顛發非庭之手而欲辭其名不居其懸可得指言已余隱几而寐夢一老人龎眉皓髯謂余而嘆曰子以蘊命敢不膏沐以從余應之曰子山靈邪老人唯唯余亦驚覺童子執筆記余之作

家廟記

家有廟大夫也四代何家禮所定也祭之誰宗子也

以四仲之朔何不筊卜也忌日祭而縞禰則哭終身喪也墓二祭吾從衆始祖主祧櫝之不忍墓瘞也祭以至日厥初生民者邪殤亡後者餒而歲除祔始祖及四代主而祭冢守歲也問于古宗法祭義符不曰庶乎庚寅年春楊于庭記

浣花莊草堂記

莊距南山而近面爲文筆峯云門曰挹秀峯巒之秀色可挹也入門爲竹數百竿傍有逕折而西其南爲松檜各數科皆參天爲數百年物暑月其下風泠泠

若笙簧云此為超然堂余有記堂之後又為堂五楹與以庖湢什具備又其西向南為屋三楹先大夫舊所額清江書舍莊定山先生手跡也其前為戇山有亭有池余有記面為魚樂軒繚以檜屏屏之內又種竹千百竿以其陽藝牡丹芍藥石欄辛夷玉蘭之屬中有屋數椽皆開以雜植焉大都吾莊可三四畝絕湫隘其旁舍亦似小蝸居懸絹不能當名園百之一而邑侯樊欽之以暇入時過從余輒于園中瀹茗焚香彈棋授簡飲酒賦詩而去因為余題曰浣花草堂

并贈余詩有千載杜工部代與揚職方之句余謝不敢已復爲詩和之具在余集中或問于余曰夫浣花者非子美所爲草堂者歟余曰然曰自工部至于今七百有餘歲而蜀又距吾楸六七千里而遥夫其時弗沿也地弗屬也子取而名子之莊者何也余應之曰天地之間何者非寓如以寓則吾身亦非吾有也而况乎丘壑樹石園居之趣子美惡得而有之而余又惡得而有之然而天之生是人也與之以跅弛縱横之才則必縱之以丘壑樹石園居之趣使之有所

積而發之為嚴歌以泄其跳吽跌宕之氣而流傳于
不朽余于子美雖無能為役而安知天之無意于余
則所謂浣花莊者于美可有余亦可得而有也奚
以子美又奚以爾且夫子美而前其為浣花莊與否
子美不知也子美而後其為浣花莊與否子美不知
也即余今者以千百世之後距千百里之遠而取其
所謂浣花莊者以名吾莊子美亦不知也若然則余
千百年後而又惡知夫是莊之不為浣花莊雖然彼
其古今代謝陵谷變遷則所謂丘壑樹石園居之趣

皆無後有存者而獨千百世而知有子美則又安知千百世以后而不知有余且余姑以名余莊如此

超然堂記

吾閩故有堂三楹須名之曰超然堂云門人問曰夫汶之貉淮之橘濟之鸜鵒地不能超也漢之無騷唐之無賦宋之無詩代不能超也君卿大夫士至于輿[illegible]不能超也然而先生名超然者何也楊子曰超[illegible]競余取之班彪氏云門人曰夫所據者高斯所[illegible]遠故曰孔子登泰山而小天下今先生之為此

[illegible]近市而囂沮洳湫隘其前則松檜榆槐翳焉其
後則枇杷桂櫺交焉其處卑矣奚遠之覽而先生名
超然者何也楊子曰諸生陋哉固乎且不謂仲尼必
登泰山而後小天下乎語有之見大則心泰心泰則
無不足者之君子不能蹝步而神遊八極奚地之限
登乎往世之下而游乎百世之上奚代之限匹夫
而壯天子之獻巖穴而富廊廟之具奚位之限故其
詩曰衡門之下可以棲遲泌之洋洋可以樂饑又曰
考槃在澗碩人之邁夫衡門考槃非處高也其覽亦

非遠也然而曰樂饑曰碩人曰薖者何也彼其中誠有超然自得而無慕乎外者在也雖然是何有于我哉且二三子休矣

楊道行集卷之二十三

目録

墓誌銘　碑

張處士配馬孺人墓誌銘

隱君靜山張公暨配陳孺人合葬墓誌銘

處士東浦張翁暨配魯孺人合葬墓誌銘

明故南京户部貴州清吏司主事仲白李君墓誌銘

楊道行集卷之二十三

全椒楊于庭著

墓誌銘　碑

誥封宜人高氏墓誌銘

夏公丞東郡則善其屬濮州守楊子而楊子以故從公習高宜人高宜人甘陵學生椿女而椿好公父盤村贈君贈君所為為公篚采云笄歸公事贈君暨姑宜人馬謹公尋為諸生而家徒四壁立也宜人則日操作供具佐公公不問梱以內業用籍藉諸生間先

是贈君以貧析公及其二弟夔宜人不慊也會公舉
嘉靖乙酉稍稍饒宜人為公泣曰柰何以一觴竈故
傷友于而公叩頭請贈君合爨矣贈君曰我孝婦孝
婦贈君為學博昌邑濰則以公暨宜人之昌邑濰滿
九載歸又以之歸而宜人奉甘毳不少衰也隆慶丁
卯公初令單父庚午擢曹州守以母宜人去萬曆甲戌
補高唐守尋進兗郡丞亡何以盤村公憂去已卯補
東郡滿三載奏最　誥贈丞父母官如丞官而宜人
始濯濯有錫矣公一為令二為州守二為郡丞官東

兖前後十五年幾不以宜人俱所為左提右挈而俾
東兖人尸祝公者宜人助居多姑馬病而宜人自曹
歸扶侍姑也取姑中帬廁牏自浣滌藥必嘗乃進姑
且卒手宜人泣曰若之為吾亦足矣吾為若德顧而
子鳳池婦似若孝報若也既用公貴封翟冠霞帔瑱
而流珠無逌喜色公六年丞不調亦無色慍且眴公
曰可矣吾為公營菟裘公喜數以請數為當事者所
格云而公再考績之歲過家挈宜人之官宜人曰老
婦固遲公于青山間且也督鳳兒使翩勁飛去成乃

公是父是子爾尋病亟呼夏公與訣遂卒是爲萬曆甲申十一月二十九日距其生嘉靖癸未五月初一日年六十二歲子一即鳳池邑學生娶某氏女二適德州衛監生屠愈謐一適邑學生鄭謙吉孫三長梗聘趙氏次梓聘楊氏次楨未聘女孫五夏公卜以乙酉七月之吉塟宜人于玉河南而使使持王孝廉九皐氏狀乞曰亡宜人納竁矣而未銘也吾子共圖之楊子曰東郡率槩夏公公顥懇與容譚苞苴輙大駡茲其灼者以寘寘微公有巇乎轍所歷于俗所耳

上為腆所公辰代不持一物衣薄澤七寸纖即布不
暖並不易公固天性倘亦有鷄鳴之儆者邪令宜人
吸吸離離而讁公如壯門婦公又安得揖志獨行而
郭縣官也督兒子成乃公不難叟公乞身去之兩者
尤高之為此豈與呴沫相逐及握齱爭筭豆若么麼
者可同日語哉系之銘銘曰
綽摑也政夫乃騫兮維母也令昆乃延兮相彼薈薈
宜人阡兮

封奉政大夫户部郎中龍溪宋公墓誌銘

嗚呼是為明封大夫龍溪宋公之墓公諱良籌字文謨其先屯晋人曰德成者始徙故城遂為故城宋氏德成生一公一公生雲雲生鑾鑾喜施給人之困自天性然嘗有錢鏄以與宗族故人已資[illegible]罄不問嬰手秘無子側室張氏寔生公公幼慧方其從師里社而數數屈其全社人追為諸生而從卑中孫先生游孫先生者故嘗為太僕卿有知人之[illegible][illegible][illegible][illegible]獨[illegible]器公以為世惡有好學工文如邑大[illegible]者而[illegible][illegible]轅下駒乎而公以是稱其燕趙間燕趙子弟多從之者

乃小試輒售大試則否用子諸貴封戶部主事再封郎中配王氏封宜人云初公娶而慟不逮事太夫人秋闈百方奉其嫠張夫人張夫人病公適自塾聞心動夜徒跣歸已泣涕禮佛籲佛前願代母母旋愈業故貧而其弟良策良簡又割也手割者心嚮公謂公長二弟聽公宜有殺公曰二弟孺不足生活乃良籌幸生活唯是不腆敝田廬唯二弟所擇亡褱言二弟既溢而分其一耗公又捐所分贍耗者其一卒而猶子女煢煢孤也則摩撫子女聽子女即一豆一縑蔑

不共云君子曰夫第五倫所以私者為其一千起一不起也若龍溪公者可以風矣公所响沫者亡獨其二母弟也宋之族曰臣曰王賓者老而鰥少而孤顛連而無告公曰我養哉已微獨其宗也有躃踊而哭于途者公傳車問之則喪父而莫之殮也公曰我棺哉已微獨賑人急也隣有鬱而莫能理者其人辱也公曰我代白之哉非好徇而不以為德皆其類也公雖詘于青雲途于學終獄獄為弟子師老而陰行善於方里之人咸嚴事以為祭酒郡守相過公廬則式

上下激展采者道利逑也河水漲沒及廬公沐浴儆
社祠河岬頭禱水旋退止信之極格于豚魚非邪宜
人[illegible]效依公獨以內政為能婦已成子諸至郡太守
然後守也滎梁之寮和樃之尤方斯茂矣始諸為郎
從守東昌鄭陽兩大郡迎養公公不就及諸調河南
公乃就則又以病歸而諸念公亦致其仕歸亡何公
卒卒三年諸起兖州亡何亦又卒以故公墓誌銘缺
為冢孫吉祝手諸故所為狀抵戶部郎楊于庭曰微
子茂不何于先太父余唯唯誼不得辭者習兖州君

也公生正德五年六月十七日卒萬曆九年三月初三日年七十有二所著有論若干篇行于世子五人長兗州君娶李氏封宜人次語庠生娶張氏次詔王府典儀正娶師氏次銘庠生娶韓氏次幼未名孫六人長廪生吉祝次吉徵吉上吉祥吉先吉祉曾孫二人聲著聲聞公以其年某月某日塟盧川之麓以王宜人窆從祔于庭所為詮次其事如此系之銘銘曰

有材于霄為杙為桷有翼批捩斬彼羊角彼美甘陵峋峋嶙嶙以也胼窮百家五經三獻弗售退耕于野

若蘇幅介以詒後者甘陵之里眡此著叢扶孱孱蕤
于是爲在筵雛盤盤豁止一騫皋承承繼繼君子之祉
古巖老更悖史可信我銘其幽爲沕無竟

瘞亡女鄧誌銘

女鄧余陳宜人出也鄧故齊桓公會諸侯處即今濮州而余爲守以萬曆甲申歲八月二十九日生女郡邸故命之曰鄧當是時余及宜人年已三十一歲子女無一育者以故得鄧絕憐之其明年余上計遣宜人南則鄧從之南又明年余還戶部員外郎迎宜人

之京師則鄧從之京師又明年余奉命豫章貢舟以
宜人南則鄧從之南乃鄧抵夏鎮忽患痘痘竟不救
卒徐州是為丁亥六月十四日年四歲遂瘞徐州從
龕博故縣也誌曰余年十九而娶宜人其明年癸酉
生子八十一二歲痘死丙子生子州貢業已讀孝經
誦關雎六歲痘死丁丑生子壽陽未彌月死戊寅生
一女三日死己卯又生一女又死越辛巳余已成進
士守濮州而宜人小產一男無明年又小產一女至
甲申生鄧而余房第間始有呱呱在抱者云丁亥余

户部又生女千金甫二月而鄧女死自娶宜人至
今十六年凡孕四男子五女子其以痘死者三人未
彌月死者三人小產二人堇堇抱一嬰孺女而尚未
痘余不知其果爲子女否也若是則鄧之死其父若
母宜如何傷心涕洟邪而況鄧慧甲于諸亡兒則雖
欲不傷心涕洟其可得邪是爲銘銘曰鄧城生彭城
沒爾迷爾卒慧胡早奪胡忙爾毋爾常寬安之鬼歸
此爾返爾始

勅贈孺人嚴母孫氏墓誌銘

惠州郡丞嚴君母孫氏蓋納竁三十六年于茲矣而未銘也而越今歲癸巳惠州君始修關事使使函狀爲請于南譙楊子楊子曰庭業已雕蟲篆罪鐫骨不敢出一語而吾子猶欲得不佞言爲重邪惠州君肅使者而對曰子若惠頎枌榆之好責及幽扃則豈惟丕承賴之其自先贈君以下寔拜嘉吾子之賜若不獲命匍匐謂何而承也亦大不列于士大夫矣庭唯唯按狀母上元縣河泊所人父鳳母葉氏自其爲處子而孝事父若母每饋食必嘗而進不御不輒食而

戚故亡子也則時時爲女泣曰吾溫清有汝老不恨
矣已母病衣不解帶籲天願代母母獲瘳其描刺縫
剪不襲巧而最而父母愈歆奇貴之會贈君嚴公其
卜副室遂歸公寔生惠州君用商城令滿三歲最貤
贈公文林郎而母偕其嫡吴並爲孺人錫之 勑云
惠州君曰余少鞠于兩母而知余嫡母之字余母也
已又知余母之視余嫡母猶母也蓋庶幾哉樛木小
星乎贈君游南雍以母從母則鷄鳴起具脩瀡而上
食贈君日不旰不食矣有四方之客過贈君輒脫簪

琍帳具驪容而將責以求驪也又曰自丕承就使
及舞象之年而[illegible]繼𡚒史承讀讀漏分班
已女弟剌五紋[illegible]其[illegible]猶承也至其燠休減撫人
邮嚴氏之族之姻及隣黨者與其經紀家政塩米鎔
家醯鼓外內斬斬矣噫嘻斯孺人所爲于嚴氏有大
造哉子三人長即惠州君舉隆慶庚午鄉試至入今[illegible]
配某氏封孺人次丕顯蚤卒次丕緒娶其氏女二人
一[illegible]千金一適蔣士[illegible]孫[illegible]一人俱奇聰[illegible]
[illegible]人一適[illegible]物際茂一適王泰[illegible]一

守朱貢樂嬰鵬子延傳一守指揮滿岡與守其芝一
守知府彭夢祖子邑治一尚幼丕承出一適指揮僉
事劉之仁一守生員滕維正子嘉會一字金滋露丕
緒出孺人生于嘉靖癸未年四月二十八日卒于嘉
靖戊午年十月二十日塟紅廟羅帶山惠州君既媮
志于青雲之途碩時時以禄不逮養為恨然而君兩
為令氾于畏壘庚桑云已徼　天子寵靈貤及兩母
胚胎前光濟偕後烈則孺人之用物弘矣可以亡憾
地下矣系之銘銘曰

窀窆之年三十六越三十年被翟服封而馬鬣拱而木南山可泐石不沒豈其不偉後矗矗

明國子監祭酒前兵部尚書樂公墓碑

高皇帝朝里人盖有樂尚書云尚書以佐命爲明儒宗而其墓湮已久矣乃其表而章之而屬楊子爲之碑也自樂侯始也碑曰公名韶鳳世爲全椒人博學能文章有經濟畧少與其友趙奎王才曾文質陳旭陳友儕隱里中不肯仕　高皇帝兵起杖策謁　上與語合遂參帷幄從渡江授起居注歷給事中中書

省員外郎兵部侍郎尚書賜侍讀學士病免尋召拜
國子監祭酒嘗命定釋奠先師樂章奉　詔安中
都城隍神主已又命修　大明日曆命擇唐宋名儒
表箋可爲式者頒行天下命撰祭祀圜鑾樂歌命定
洪武正韻命倣　陵寢朔望節序祀禮及登壇脫舄
禮又命定　皇太子與諸王往復書札禮　上既定
天下稽古右文凡大典制大都出尚書手所條上稱
引古昔核而質辯而有體　上眷之屢蒙褒荅至親
賜之勑目爲和易簡諒云尚書崛起而其五友亦竝

仕于朝奎才皆都指揮使文質太醫院判旭從成
祖請雖封雲陽伯友平蠻封武平伯尚書塋沿村河
距縣不二十里以代之遐與其後裔之不振其墓浸
爲豪軍所耕墾二百餘年莫有能議復之者而會今
上之二十三年黄岡樊君以遷人令茲邑既徧禮于
封内大夫士政以太和已問故尚書樊公塋處則慨
然嘆曰此基嚴徐維鄉表鄭公尚書道亞黄中功參
王佐睠茲塋域辱在荆榛守冢之令無聞式廬之誼
安在爰覈近塋十畆請于屯田使者復勿稅而又督

樹而為之碑而里始知為尚書某公之丗
其弟惲知開封府禮太常卿教諸暨州同知君
之人亦無有問封太常諸暨葬處者侯表尚書志
其大者云楊子曰余少好從長老問開國事實嘗元
之季尚書隱不仕侯　聖人起而從之此其識固已
與青田浦江埒　高皇天縱至聖而禮樂必碩樂尚
書云何度有所當之心陶學士不是過也天造法用
重典諸大臣救過不暇而尚書獨以令名終不智而
能之乎而或謂其坳而恩命不沾墓之涇以是故然

國初文臣竝未有贈諡即吳大學士沉宋祭酒訥皆然不獨尚書矣而廖太史道南又記尚書嘗從御河游上曰攜手過金橋有事不相饒公即跽對曰平生仗忠義不畏帝王刀　上大悅繇斯以譚公之功名考終匪獨以智亦其精誠乎　帝心也雖然宋學士濂不稱純臣乎乃竟不免于茂州之謫則公之與時委蛇善藏其用皆不可知慕之深哉其遺令子孫自剷晦以免禍歟抑偶然歟然至埋藏不可識其于開往詔來義兩蔑矣樊侯獨能表之以章永永此豈

可與俗吏汶汶沁沁了簿書期會者同日道耶侯名玉衡癸未進士舊為屯田御史其有大造于棩不具論論其表尚書之墓如此也銘曰陽氣五百誥人挺生莘莘者梧鳳凰則鳴夔龍畢散際之休明　大明太祖配　天作京詹吴樂宋景從飈興畢力竭智谷藻太平樂為尚書枌榆先正亂世蠖屈不應辟聘偕隱五人以俟天命五色雲氣一見決丶聖杖策来歸魚水之慶蚤參密勿繼莞樞政　帝謂尚書爾典司成禮樂撰述維爾之能御河書接戒于列卿寵利居

功朕有常刑公拜稽首臣也矢誠斧鉞不避天顏則
溫公筆如椽制作烜赫劉此一代具在方策金匱石
室其光爲奕陋彼叔孫諛不及裕公去驕箕陟降西
掖樂卻世衰龜蠙陵紂狀土有紀棻滕而隙樊侯滋
止褒德欽昔九原可作執鞭不惜古嚴懇棠尚曰勿
剪褱門之墟滸梁者泫剢玆帝臣日星丕顯千秋
一丘而忍刈踐廼樹廼封廼設斯展禁樵蘓廼碑
斯闌闃匪無文厥名則荅維古帝亡如珠在淵斧如
堂如微如者阡過者則軾微此蕪篇

瘞亡女林誌銘

嗚呼是為亡女林瘞處蓋余以癸巳買妾紀而其明年十二月生女以余厥而伏在林莽也故曰林林生不過歲而慧有口異常兒字江氏子越丙申歲十一月而死以疹故于是余妻妾前後十三娠而死者十一人其存者獨汪氏女及林而二耳乃今林又死嗚呼天之于余何如而余能不悲夫既命奴瘞之石澥橋之坂又為銘曰

不汝慟乎甫二歲而死胡夭也為汝慟乎壽而死者

誰不夭也嗚呼埋而骨于坎兮噫從而兄姊黲以黷兮噫悠悠乎天胡斬斬兮噫

張處士配馬孺人墓誌銘

余讀張子所為母孺人狀而悲之蓋甫八歲而其母背而不及見其長而婚也又不及見其雋于諸生升于太學也則謁余泣曰使儒一日而微大官尚方之錫于母亡及矣所不朽則唯是一言而華衮在而先生倘以儒故而賁及地下人乎夫窀穸二十有六年而後銘也蓋其慎也言已余亦欷歔不能對自惟先

人兄背之歲亦亦如之而又忍為孺人□□□知
人不特銘銘婦人必其顯者與其賢章至□孺人不
□顯而其左右張子父與所以成張子則□而法應
銘余又忍不銘按狀孺人和州人馬公潤女而歸于
張為處士公其配處士公之父新安人也而生處士
公和州則遂籍和州是時孺人固已生而窈窕有容
操而馬公所繇慕其偶矣已偶公會公之簪纓廢而
舅若姑番番老也孺人婉嫕安而扶杖而請何趾糈
而手以進而其舅姑忘乎其為老也家徒四壁立而

晨起操井臼洴澼洗手為纑已以其所紝績庀具而羞之亡所不甘毳而忘乎其為壁立也處士公以計然白圭筴遊四方而孺人拮据于其翁媪代為子于其兒代為父于其家政代為督及主人各井井斬斬辦而處士公忘乎其為四方遊也家稍稍起千金箸矣其于夫之弟之婦則鍾夫人之親郝夫人也其于夫之族之姻之里則曹氏之為鄭袁班諸貧也其于夫之四方之客則鄭女之鮮佩賦鷄鳴也其居恒一綈衣脫粟飯則不忘在車如少君也其與為二尊人

三[illegible]而孺子慕杖而后起則喪大能之矣[illegible]

[illegible]又曰恩致緣于盖並走群祀而後興偕也[illegible]

[illegible]善[illegible]死者數而後以儒行活也已非外

[illegible]不[illegible]儒[illegible]宗也乃今已矣[illegible]人生

[illegible]乙未年十一月二十四日[illegible]本[illegible]五

[illegible]十五日[illegible]二十七[illegible]山之[illegible]一

[illegible]儒博學能文[illegible]子江[illegible]男二

得[illegible]得朋孫女一繼孫人[illegible]公若君王氏寔

[illegible]儒以長視所生[illegible]女一適知

陽道行集　卷[illegible]　二十三　十五

慇懃振子生[illegible]于時[illegible]余言以宋[illegible]
致一命于毋為[illegible]于庠援于泮[illegible]
者上于公車[illegible]而又知乞余文以[illegible]
不朽于世是可謂[illegible]于世矣而孫人亦可以[illegible]矣
系之銘銘曰
蔓蔓草生之墟廣而隧扁而居而仁里如中有[illegible]士
愉也且以為不信視而于貴如
隱君靜山張公暨配陳孺人合葬[illegible]
嗚呼是為明隱君張公暨配陳[illegible]人[illegible]

亥六月二十日卒萬曆戊戌二月十六日得年七十一孺人生辛卯三月十三日卒丙辰八月九日少公三歲而坳先公四十三年年二十六墓在覆釜山厥材拱矣屆是予問逵將卜以某年月日葬公距孺人不數武而手其舅氏太學陳君狀乞為銘按狀公諱儆字時望號靜山父曰後軒翁柏母袁氏柏父堂堂父璿世為六合人而居天長之汊水汊水之族陳為大鴻臚公師儉者孺人父云而故好后軒翁所緜締秦晉矣公少雋受學于來安常先生則遂為來安學

諸生已捐粟入太學而會右軒翁喪非其好輒棄去
念父背而拮据奉母孺人驩也既廢箸則推以予弟
亡橐言仲歿而鞠其孤問行賑問達矣居恒偕弟依
熙熙于于逮于老篤相拊出相扶蔬羹盂酒必相召
叔母癸母之終其身下氣愉色而後上食而至其喜
施予急人之難即晨亡炊烟弗問也公為人短小精
悍美鬚髯工詩善草書度曲歌其與人交亡城府一
語合輒披瀝相許怒則一發不復留又善談論詼諧
磬折盤辟中繩矩交公者亡不心醉焉而去而陳孺

人者自其為處子時固已從鴻臚公曉女孝經列女傳大義比歸公而孝事舅姑及洵沫夫之弟之侄之族公所繇稱孝友哉乃其性卞急而孺人砥以和喜交游而孺人脫簪珥以佐不及尤表表可彤管者鴻臚公絕憐之卒而卜兆域則以一善地畀之公愀然曰吾妻得所矣寧忘舅姑耶則遷二尊人竁葬其上亡何形家言此地必以某穴后乃昌客諷公盍為壽藏公又愀然曰洵將是盍厝吾大父大毋而吾偕吾妻吾弟環左右詎不善乎人之言曰何知仁義享其

利者為有德亦可以愧死于公矣晚而窘乃其詩酒
興頽益豪見古今格言亟書置座右名筆亟藏之邑
大夫重公行兩請賓筵褒然為里祭酒子一即閒達
六合學生陳出娶徐氏公繼配朱朱孺人賢睞陳孺
人生一女適史有光泗州百户孫二長茹和聘袁氏
次茹實孫女二一適六合葉時毓一適天長戴維翰
楊子曰余弱冠識張生云張生者六合張閒達也而
學使檄之滁余亦以檄至覲焉年相若也兩家父亦
相右也無而失其毋又相若也繇是結僑札分而于

公稱通家子矣戊戌之正月余訪公于汶水訝其顏童而步履健遂遂款余至夜分余前賀百歲百歲公謝不敢別之浹旬而訃至傷乎是尚可知乎問遂煢煢毀欲死然余竊謂公春秋高其于養生送死備以睇先大夫壽不登六十而不肖又不及視含者恨何如也陳孺人余為諸生時表其墓其文枯不足道至是併誌之云

銘曰坳如此覆釜山之址穹而封坎而止夫子骨肉歸于此有媛孌孌穴全死誰其銘之庭外史豈不千

祀沕不毀

處士東浦張翁曁配魯孺人合葬墓誌銘

劍武山盖有張處士墓云誌而銘則大中丞濵南蕭公已越十四年配魯孺人卒子燦煥炬將啟竁合葬而手狀詣余泣曰孤不天不能事二尊人惟是春秋窀穸之事又不能貫諸隧所関闕望曰筆研交而又兩世締姻好者有執事在則豈其亡所不授簡而獨缺焉于孤二尊人余敬諾按狀翁諱梧字孔陽號東浦父繹毋余氏繹父珙珙父通通父福德福德之先

從吳人有曰千者吳元年從戎徙全椒則遂籍全椒孺人父曰涇母李氏世為全椒人翁生嘉靖癸未正月八日而孺人少六歲以己丑之正月元日生乃其卒以萬曆丁酉十一月十二日而翁先是甲申十一月晦捐館矣翁年六十二孺人加七焉翁孺人皆巨姓翁于永清令冕曾王傳行可潮州府同知棟為從弟而孺人于招遠令機為從女弟子三燔煥炬皆生員有學行燔娶白氏生鴻寶字不佞于庭女妾應氏煥娶曹氏生鴻功字黃氏炬娶先大夫諱崇女生鴻

紀女四一適何應鶚一適生員彭夢說一適生員彭
夢弼一適生員梅學曾孫女六一適生員康說子引
祚一適生員金仁子卓然一適貢生吳居美子應龍
餘幼誌曰翁樸木厚德人也面如紫玉體充肥性侃
侃不可干以私又坦直亡城府事可否面裁一座傾
聽聞人過蔽譏呵或厲色數罵然腸亡他週歲而孤
念母孀而家徒四壁立也則拮据為小賈能自活已
[illegible]人歸翁翁中賈矣櫛沐江湖間不問壼以內而孺
人[illegible]剪縫上其毳贍姑中歲姑喪翁孺人毀如禮

已翁為大賈而孺人益晨起理家政自米鹽醯豉布
帛雞豕之屬出入井井罔不飭則相與美宮室田園
亭榭食指千而鼎鼎素封里中矣然翁居恒大布之
衣飯脫粟比廝養之最下者而孺人好佛南無不脫
口不御金玉綺縠云宗之貧而不能殯者畀之金不
能舉火者置田與租入里孫者予之櫬畀之漏澤之
園瘞之故人之落魄投翁曰濮桐者為之築垣舍子
資斧其子賴翁饒事如父負翁金償之產曰朱國賢
者翁憫而歸之併其負貫之代負翁子錢無算將鬻子

女曰張虎者翁曰毋吾責汝既折其券又以穀若干資之隣豪忤翁者亡幾微見顏色其人懟大都翁為人畏不善如浼趨義如渴而自其旁從吏之者孺人也翁雖起于賈人乎頋其慕好儒甚而所遣諸兒交必天下知名長者庭為茂才時過燔而翁聞兒從楊生遊亟入趣嫗殺鷄倒釀而款生孺人亦竊窺喜趣治具庶幾乎截髮待賓如陶侃毋者嗟亦賢矣若是則誌銘翁孺人者余惡乎辭

銘曰鳳凰于飛鳴鏘鏘乃育三雛九苞張其毛翮

不可畏有穴有穴誰之藏中為鳳兮從以凰千秋萬

歲亡不亡以為不信視此章

明故南京户部貴州清吏司主事仲白李君墓

誌銘

仲白墓在城西南六里塋以戊戌二月云歲之冬其伯兄侍御君且按浙道京口使使函友人高君狀來乞曰弟已矣窀穸之事畢矣以子之辱好弟弟彌留顧不能于吾子子盍賁之銘瞑弟目嗟仲白余忍誌銘君乎以仲白之才之品也于占貴而壽厥徵昌乃

堇堇一主事以夭又亡後凡此皆理之不可知而數之不可致詰者而狀言仲白為諸生時過廣陵吊宗子相百花洲上悲歌慷慨若有冥投者今竟類是矣嗟仲白余又忍不誌銘君仲白君字一字叔明云晳其名號中白其先有曰貴者自山西之翼城徙永城遂為永城人貴生昪昪生贈文林郎敬敬生巴州同知琛琛生武學教授良知寔君父用君貴封推官娶于張用侍御君貴封孺人孺人四子長侍御次即君君生嘉靖癸丑正月九日家人夢若迎達官者又芝

生廳柱間人共異之弱不好弄喜讀書攻古文辭與為諸生亟為學使蒲坂楊公新城王公郡理關中李公所賞識然其絀于賢書者婁矣則又與河洛知名之士黄君還泰張君西泉王君三極高君等等吊夷門登吹臺已走祇碼山中摩崖賦詩飄然遐舉乙酉舉于鄉己丑成進士給事西曹尚書李公世達試之詩奇之薦入中秘不果辛卯授廬州府推官推官雖一郡乎頗嚴重埒直指使其于江以北轍亡所不得按而君故虬髯如戟嶽嶽有風裁江以北五十餘城

畏君威名亡敢一欺紿者直指使亦以君習法比曉
暢故事倚重君然君外莊而中恕氣岸峻而腸亡他
以故高明跅弛之士亟推轂君而君亦以是中于眷
韝胸臆者爰書如山片言定大都在平反即直指所
欲辟果寃必力與爭得請乃已歲大祲直指屬君覈
某庫君輒取其羨金賑饑者大中丞亟詛之直指弗
善也靈璧令者賢而失直指指將按之衆寃之莫敢
言獨君辯之疾爭之強亡何大中丞薦令直指大憾
君謂黨令異同我君又以事得過其太守有問守于

君者君亟稱之守甚君以為將軍已也密蜚語于主
爵所君所縣理廬七年考績幾三十上而不愉志于
内徵云諸奏記纚纚通國體不具論猶憶君問余漕
帥脉諸帥乎余對曰否九塞帥于司馬制府亡所不
稟成漕獨與鈞禮君矍然曰帥帥也獨漕亡稟畏乎
是衆為政也盍更諸余對曰夫其公為轉輸之吭而
其私又徹侯覗之為朶頤議必格矣君曰夫吳淞狼
山之各一副帥也不相下也有急不相援也置一大
帥其可乎余對曰往視諸故府則京口之有大帥也

蓋其舊也公盡言之　朝而復諸君又詣墨吏于余
余不對固問之余辭曰伐國不問仁人非公所宜問
也君勃然曰始以公為豪傑也者今而後知公非豪
傑也夫豪傑之産于土也民之望也使而良嘉與民
共安之不肖亟置之乃所以有大造于其土也余益
愕不敢對而心韙君言君之留心經濟豪舉好奇皆
是類也蓋君于聲氣好豫章張君壽朋合肥黄君道
年而至其罹千秋于當世則不佞于庭辱許可諸生
有以其等者卵而翼之如六安宋之楨進士則其所拔

□云丁酉八月遷南京戶部貴州司主事鬱鬱還里

已強之官抵滁與守飲既罷中夜見有若緋衣人逕

之露臺者君還感寒疾遂不起十一月六日得年四

十有五性孝友伏臘奉兩尊人甘毳所以娛之者百

方已迎在邸行部聞不愉輒泣不食兼程歸省病且

革左右勸君訊諸家君念兩尊人老不使聞遂不遣

弟植夭其子育于君尤篤于友誼不衰止一故人且

死手孤託君君為撫其孤迄于立君之族之姻之里

往往泃沫君云故余竊心重君而獨不理于仝事者

口余嘆謂世豈有酖人羊叔子者耶君嘗飲余浣花莊贈余詩有曰司馬法都為島峙卧龍才盡付蹄涔余愛其句遒而意匝已大書為卷寄余大都詩與文不沾沾守古法成一家字称是然今已矣邈若河山矣初配亓贈孺人繼配孫又繼鄧封孺人生一女侍御君以弟禎之子支延為君後所著有中白先生稿

銘曰短莫壽命如幅斬莫後數如斛壽以名履孔穀後有紹即位哭坎爾宅爾瞑目誰徵之我銘足

明故文林郎臨漳令王公配魯孺人墓誌銘

所稱女祭酒者其于蘋蘩爲能婦于儷爲能齊而又于子姓爲能母也則魯孺人其人哉夫墓之有銘也是竅竄之善物而笄珈亡幾得之者也若孺人者銘焉可也何言乎其能婦也自其笄而歸臨漳公而舅埜浦翁姑徐尚鬒髮也晨而朝退而庀饘酏膷膮醴齊之屬亡弗給將有四方之賓來而屬孺人帳具亦亡弗給越三十年而共子舍如一日也姑徐健匙箸以家讌日趺坐不起而孺人毀欲殉也舅埸而夫子

方偕計不及含然而亡遺憾于殯者代為子也觀婦于養生送死之大而桓少君之挽鹿車足多耶何言乎其能齊也自儷于王而臨漳公已茂才異等矣焚膏繼晷既軋軋夜紡以侑之而又為之經紀其家而厚賙其所急公所繇揖意慱士言而褒然應天解額也久之其產益拓而其綜壼以內政益井井乃從容吏公曰我之不得志于春官也命也夫子盬一第沾沾乎謁選得臨漳則又為之繩內言不出閫而所繇[illegible]意官矣夫子之亟也婉解之踈也縝紉之[illegible]

也靜澄之其迹若相反而要若水火醯醢鹽梅之相濟而得其平故夫妻者齊也曰齊眉曰如賓皆是物也何言乎其能毋也臨漳公喪孺人晝哭已趣二孤從賢豪長者游蓋戶外之屨恒滿而孺人喜可知也則益出簪珥佐帳具如所為侑臨漳公伯韶儒士禮部而季武以邑弟子補太學生矣亡何太學生喪孺人晝夜哭曰天降割于未亡人息韶尚毋齎而父問韶用是拮据以振如綫之緒而孺人寔父師之至如里居訢訢不以偕先君之鄉而務為德于其黨其旨

皆縣孺人云故余謂孺人于二孤有鄭夫人畫荻之
教而至其不以饒故廢躬紡績則公父文伯之母之勤
也孺人邑著姓父曰處士翁樸母白氏處士父沅陵
知縣淮云臨漳公諱作霖學者所稱傳巖先生者也
語具姚叙卿太守誌中孺人生嘉靖甲申七月二十
三日卒萬曆丙申三月初四日享年七十有三子二
伯禮部儒士宣韶娶袁氏繼娶朱氏龍江左衛指揮
鳴陽女季太學生宣武蚤卒娶盛氏孫男一治隆韶
出聘江氏提學副使以東孫女孫女二一適天策衛

仁[illegible]祖韶出一適太學生吳正學[illegible][illegible][illegible]茁
公叫[illegible][illegible][illegible]河灘而宣韶下以己亥[illegible][illegible]月
十五日[illegible][illegible]人竁于南山從祖兆閤下庭曰孺人
不獲祔先公可乎庭對曰合葬非古也若東[illegible]吾子
西望吾夫為孺人治命云望吾子者葬之東[illegible][illegible]之
所也韶又泣曰執事我[illegible]自出幸惠教韶[illegible][illegible][illegible]文
王母而不朽孺人余亦泣自惟先宜人于臨洋公為
女孫而背不[illegible][illegible]于髫亂歲孺人則時泣余余忍不
為孺人誌銘墓也銘曰

是為我舅氏女士之阡而椑斑然而漆卷然而上不

見白日下不及黃泉以利而嗣萬斯年

暘道行集卷之二十四

目錄

行狀

楊道行集卷之二十四

全椒楊于庭著

行狀

中憲大夫江西提刑按察司提學副使江公行

狀

公諱以東字貞伯其先黃巖人七世祖福隆始徙全

椒之五尖山則遂爲全椒江氏福隆生德欽德欽生

源源生斌斌生壽官泰泰生順天府庫大使封登仕

郎榮配胡氏榮生贈奉政大夫南京工部虞衡司郎

中鍾是為公父自福隆至榮六世世胼胝椎魯亡邉幅登仕公守文亡害然愿而畏甚于先數公而封公益陰行善為里祭酒嘗獨行遇盜挾與飲被酒為盜泣曰某侗無知識然鮮見有為不善善終者盜感泣自是不復為盜其樸有行如此配林氏贈宜人以嘉靖癸巳生公公少失母鞠于後母封太宜人朱氏八歲就傅傅授以王祥閔損事公傷母不在輙泣瀸沾衣朱有疾不食公亦不食其至孝蓋天性云已從里人梅先生習博士語尋補邑弟子饒于公而是時公

家徒壁立也乃其父故董董有田若干畝而後毋爾
生諸弟議廢箸公則盡推以與諸弟而獨篝火夜呻
佔不休識者已覘知其器遠矣戊午舉于鄉隆慶戊
辰成進士授南京戶部廣西司主事滿一考封進郎
中工部虞衡司而會今　上改元之歲用覃恩再封
尋擢考功司吏部乙亥典察南京官丁丑補江西提
學副使己卯致仕公始篝念既以身食縣官而不宜
身不錐利營產則以其故為舉子時所置田百五十
餘畝與學宮贍諸貧生租入一無所問語具在縣籍

中計曹者究實也公領度支郎殫心刻籌井井斬斬
而諸隸天籍者頌公于神明青天矣郎中虞衡虞衡
籍故有腴洲若干頃中為中貴人所侵莫敢問公言
于尚書曰黑沙洲蘆課以貲廠鑑力豈素封刑餘人
者哉公宜有疏白其事尚書難之公固爭之尚書懸
其疏久之疏于 朝得如故亡何武林張公瀚為尚
書會有事屬郎中者度郎中聽則已更為介于尚書
而尚書許之矣以語公公固執不可張公怒則使徵
察公而公伉潔行稱是張公乃大驚服曰江郎中戍

下知也自是有大議必顧江郎中云何而江郎中所建名竟以公為人木訥寡言咲與人磬折退讓亡傲容乃至其處分則孳于守法篤于信已而恥于脂韋違合人即三公九卿蔑易之矣生平亡他好食亡重味衣亡紈綺所至中堂至什具塵涵委頓而公亦不問及致仕遂時時布袍騎驢至為隣邑尉史呵下而不知其為故督學使也公既以彊梗起家人無敢請謁公亦一切無所贄門遂歸歸而薦屢幾起屢矣而公竟不報竟廢不起初公既受知尚書張公而

會張公入爲太宰則推轂公郎中南考功屬爲政而諸幽應黜者度耳目非是則走介諸有力人而諸有力人風公公愈執不可于是矣公即執政所厚善而清議不與者悉汰之留都一清而諸有力人則睨視公而執政亦不能不心望故遷南功郎與察即擢京堂而公竟以諸望之者不得留而出督江西學爲副使人或咄嗟公柰何中道而棄之外吏乎而公曰命也吾行吾意直前何從人笑令市兒睥易車上儛哉遂之江西則首以德行名檢風厲學官弟子員而學

弟子貞乎鄉風脉脉矣公評隲當所當售為多然
公非方不法刓為圓以說諸請者及為提學而其執
其子若功名衛時士大夫或百計為其子若弟地而
公不可大望公而公公又廉內行脩備以故問不入
公度與時齟齬而又念其太母胡年九十則稱疾乞
去而兩臺留之未許也公已脫身登舟矣兩臺大驚
而諸生則走兩臺乞留公已又環公舟泣日以千百
數来凡六晝夜兩臺益大驚當是時己卯歲七月逼
秋闈而大中丞劉公斯潔御史邵公陛度公不可留

則自祗公舟勸曰方事之殷公寧可以去乎事竣則聽公耳公乃返南昌故事二司官乞休白兩臺兩臺為疏請得請乃敢去脫不為請而移檄督過之即皇恐出視事耳而公不待報而去而兩臺乃反詣公舟留之公猶訑訑不肯來故來有也公既返竣試事竟不留而兩臺為公疏乞終養與得予告如何仲默李于鱗云公為執政嘶前事竟用[illegible]例令致仕公既歸[illegible]所居[illegible]日杜門埽軌緇[illegible]直指使者郡國二千石下[illegible][illegible]十年益公固不出居亡何喪太毋胡公哀毀如

禮既禫而諸公疏薦公亡慮日廼公忽抱病病一月
卒則丙戌七月二十九日也距其生年五十四歲公
既卒會大中丞楊公俊民御史李公楝且報命而未
有以公訃者而二公遂首薦劾公大中丞至移書太
宰謂公宜亟召用而不知公已捐館矣配某氏封安
人加封宜人子三文德郡庠生娶生員陳松女文進
娶山東參政邵叢爔女文遂娶生員繆文女女二
適生員曾時雍子汝專一適建昌縣知縣費价子從
訓孫男某孫女若干其公少從梅先生既貴而梅先生

爲學官謝歸省其蒙養也公居恒問遺先生伏臘必入拜先生床下然後敢[illegible]代梅先生死公爲襄事哭之如父云公卒之明年而不佞于庭以使事過里其孫文薦抵余泣曰不孝孫卜以今年之某月某日塟先君于其山之原而吾子所好先君乞爲狀于庭自惟公交執也往公第進士而余猶髫庚午余就試南都來覲公爲郎余過公知公長者欲以徵觀公則入椽公上坐稱岷嶽岷嶽云岷嶽公別號也公恊語人曰吾與而翁善而孺子直賢我豈少我哉而庭亦使

語公曰公貴人又長者而引一孺子為上客以成公名顧不重邪何望僕之深也公則大說遂謝庭定交為余守濮而公及家奉直公相過從則謂奉直公曰官路不易翁幸無以家人業溷郎君令揖意報縣官也嗟嗟士詘于不知己者而信于知己者公不謂知己邪而庭安得默默亡狀公邪公卒而四方薦紳過者必流涕吊公而後去而頃視學使者行部議俎豆公鄉賢中是見徵公大概矣余故為狀以俟鴻筆君子請焉

亞中大夫山東布政司左參政邵公暨配盧恭

人行狀

公邵氏泗水縣教諭贈大理寺寺副石屏先生廷相仲子也母朱氏贈孺人教諭公雖屈首明經手顧其誼至高慱士宰嚴事教諭而望人太宰胡莊肅公者允友善云教諭父嘉興府教授良良父適適父試試父禮禮父濤濤父得貴得貴江寧人事 高皇帝為昭信校尉而其占籍滁州自濤始嘉靖辛亦太原范夢獲麟而生公故名夢麟字道徵別號楨榔云公生

依表朱孺人鞠于后母太孺人王氏已就外傅慧絶諸塾兒里盧公守約擇婿就塾所試諸兒對門聯孔雀屏公應聲曰床列笏將枕盧大奇之妻以女弱冠從胡莊肅公遊莊肅公賞之曰國器國器己酉補郡學生州守熊公學使胡公趙公亟雋公拔置高等壬子舉于鄉乙卯宅父憂哀毀盡禮己未成進士授大理寺評事迎王太孺人來歸色養備太孺人愉愉進寺副封父母如其官壬戌以王太孺人喪歸舟沉棗林閘公哭而舁轝柩他不問乙丑起右寺副尋擢河

南僉事督屯田鹽法驛傳鋤梗甦枯劃弊苴漏鄞人
忌黷墨吏冕褫公以故藉甚羣公聞丁卯司試所得
雋王公旋輩爲多其冬以臬吏入計行李亡長物尋
進浙江叅議分守温處温處故瀕山海民不帥化公
爲丈睦興鄉校所調停一視僉臬大猾時而會倭寇
温公拒之擒其酋馬打一似樋等十數人倭用衰止
温處人則又相率尸祝公矣己巳公以疾乞休　莊
皇帝下其疏吏部吏部執不可庚午調河南叅議尋
陞江西提學副使江西故數才饒甦識而其豪有力

人或陰囑不得則心望有後言公甫任即焚香自矢惟不忮不公是思曾有干公者公怒欲白之朝諸大夫爲請乃已孫至于首行謹信士節所以磨世砥俗者尤無意焉甲戌擢山東左參政督糧儲兼程入歷下距城少許憩鄉舍中幾假寐見二童子冉冉來迎公不怡久之已疾作呼盧恭人曰死生自有數吾官不爲卑獨 國恩未報用是不瞑目耳言訖遂卒時萬曆甲戌五月十二日也距其生堇四十四歲盧恭人長公二歲後公八歲辛巳四月初八日卒年亦堇

五十四歲恭人父曰守約商河縣教諭母曰盛夫人
盧姓于郡為義門即四世百口同居者恭人有壼行
已歸公食貧力操作佐公揖意學姑王者繼姑也恭
人事繼姑如姑姑乃繼姑則嘖嘖我孝婦孝婦已公既
第之官恭人從之官翠冠流珠有錫矣乃猶率婢僮
力絲枲佐公揖意官公所以學而官官而休邑則恭
人績居多哉則恭人績居多哉公以萬曆甲戌閏十
二月十五日厝于城東之小澗恭人以壬午二月十
三日祔焉子二長部國學生娶開封府同知石璽女

繼娶阜城縣縣丞于復亨女次都郡廩生娶楊氏女
三長適湖廣都司舉世爵子尚文次適江西提學副
使江以東子文進次字雷廉參將周印子之熊孫男
二長天培聘國子生楊茂春女次天植聘庠生盛以
旂女孫女二皆部出歲丁亥部都脩關事圖所以不
朽公者而曾篤部楊子以使事過里則走泣曰先大
夫恭人穸窀久矣而惟是東脩之行一二闕而弗揚
敢以請于執事者楊于庭曰余聞之長老教諭少有
名與胡莊肅公埒云至其竟下莊肅公遠甚然駿發

于後人爲祭政則恢恢張矣挹此則縮之注彼則盈之天之道其猶酌邪余不識祭政然嘗及祭政門見其所居第絶湫隘蔽風雨而已俗貴人習樹棹楔廣田宅蓄媵侲及歌舞少年置金玉諸器盂稠筵則迭出向客津津自詡廼以觀祭政何有哉官至三品白頭共一病嫗卒之日蕭然四壁士大夫雖之而余游江西江西人爲余言邵[illegible][illegible]博夫不斤斤博名高然其禔三尺凜凜卒無犯者於于祭政則斌斌賢大夫矣乃其恭人抑又賢恭人而與公竝不壽是豈可謂

有天哉余傷之故次第其事以俟志銘參政公者

誥封宜人余妻陳氏行狀

陳宜人者全椒人楊于庭妻也于庭既罪廢而故嘗階奉政大夫錫 誥命妻故稱宜人云宜人之先吳人大父瑁商全椒則遂占籍全椒而全椒人負翁子錢翁輒折券不問是時余太父西疇翁亦以貿行名里中而獨心異陳公翁久兩家居距不數武以故雖別姓而交好如兄弟嘉靖中西疇翁舉先奉直公而陳翁亦舉次公曰思祖者兩家子居同里生同年而

比長同學書又相愛每招携就塾輙囁嚅謂吾兩人他日幸為姻家無相負而西疇翁適偵知之則大喜奉直公為諸生而次公棄博士業不治然其交驩甚嘉靖甲寅奉直公舉不倿而次公配周氏亦以是歲十月生宜人於是籠采訂約吾兩人果為姻家矣是時西疇翁已即世而奉直公暨次公泣曰恨不令翁見不負吾兩人兒時囁嚅語也宜人生而端莊寡言咲次公雖布衣乎乃其壼以内政斬斬一日自外入女僕而緝也而次公語周孺人以姑婦勃谿者女適

十有次公怒呼杖並下血流被面其嚴如此宜人年十五而一日皆先是憂一嫗甚獰惡前持之宜人拒之嫗須之一丈夫面赭而頳抹巾如世所云關将軍者亟入呵嫗此楊生婦何得乇禮嫗遁解亟拔簪擲宜人左目而去痞而憒憒病其翳者左也余時籥于庠每試輒雋諸生而周孺人意女瞽恐不當生即宜人亦懟欲維經者數奉直公召庭問曰而婦瞽孺子云何庭蹝谷曰大人納采時固未嘗瞽也安之而已奉直公喜謂吾兒志趣非凡人則走慰陳氏女無自

苦也隆慶壬申年十九歸于我其明年生一子二歲
殤又明年與爲祖母盛喪暮年丙子生一子己卯余
舉于鄉明年成進士而會其子殤走從余又明年余
守濮挈之濮甲申滿三年最　誥封妻宜人云丙戌
擢戶部員外郎京師而宜人又從余京師其明年治
粟豫章挈之南亡何進兵部車駕司郎中京師則又
挈之京師其明年與爲奉宜公喪三年服闋挈宜人
之京師待次而宜人忽病病遂卒其冬余塡武選亡
何改職方又明年進俸一級其冬以人言自免歸又

明年罷而宜人不及見矣嗚呼哀哉余少而喪母王
宜人寔大漸而乎視其婦而婦猶兒也比歸余則姑
背且十餘歲而宜人每伏臘奠一盂輒呼姑哭哭盡
哀既以不逮事姑心恨而至其事太姑及繼姑如姑
太姑盛八十非孫婦上食輒不食而繼姑田宜人亦
蔑不愉也爲婦二十年十一孕董育一女今字汪
氏子應日云而宜人以是傷心精消亡早矣宜人慨
慨厚施而薄望內自夫之弟女兄弟外逮姻婭下至
臧獲廝養嫗休有差各人人當之意而其沉毅有機

數見事風生不佞少佔佔揖意學已官揖意官而宜人自鹽米鷄豕豆豉揣剪之屬以至慶吊往來及洶沬者井井縷縷不戒而辦而猶不令余知也余往窘諸生一夕大饜宜人則出簪珥市鷄酒脫粟飯侑余而自與羣傭滓豆糲食每[illegible][illegible][illegible][illegible]令而夫軒軒八腸乎而余領郡退食必迎問余所平反有盛怒而榜人析楊人不鄭人過郡余若折腰不自得而宜人寬之曰若為諸生不長踞州長吏而今忘之耶余怒一人為婉婉曲解得請乃罷以故余為吏幸亡害及宜

人在人亦知免夫皆左右力也奉直公訃至京宜人水漿不入口者三日而猶僶俛力扶余余既貴而念宜人瞽則不忍言置妾事而宜人亦幸旦夕有子白頭嘻嘻豈知其竟無子以死宜人有知不憮憮悔于鵠鵲之膳耶宜人以萬曆辛卯五月二十五日卒于京師年逢三十八余始廣內幸吾蠲之應云宜人喜衣飲人既卒無知不知無不酸鼻者目不知書而喜聞古人又料事多奇中余喜詩宜人曰官人類譯詩君無自謂已誠余曰吾多口失又不能下人不慎必

及于難喪宜人之明年余典樞請託蠲進而余徧不爲禮竟螫去假令宜人在必砭余余寧有今日耶比地生有言余妻亡而後知余妻也昔伯宗之妻知伯宗不免以令視余妻某殁卜以某月某日厝于石滸橋以故綜其行實以請于鴻筆君子